Landsbybilleder

Andre klassikere udgivet ved Poul Erik Kristensen:

Jeppe Aakjær:
Fra min bitte-tid (erindringer). 2016.
Drengeår og knøsekår (erindringer). 2016.
Hedevandringer (kultur- og naturbeskrivelse). 2016.
Vredens børn (roman). 2016.
Bondens søn (roman). 2016.
Arbejdets glæde (roman). 2016.
Vadmelsfolk (noveller). 2016.

Johan Skjoldborg:
En stridsmand (roman). 2017.
Gyldholm (roman). 2017.
Per Holt (roman). 2017.
Nye mænd (roman). 2018.
I skyggen (noveller). 2018

Henrik Pontoppidan:
Isbjørnen (roman). 2017.
Fra hytterne (noveller). 2018.

Alexander Rasmussen:
Forvalteren på Lindenborg (roman). 2017.

Poul Erik Kristensen (red.):
Jylland – de klassiske sange (sange). 2018.

Henrik Pontoppidan

Landsbybilleder

Forlag: BoD – Books on Demand, København, Danmark
Tryk: BoD – Books on Demand, Norderstedt, Tyskland
ISBN 978-87-430-0283-3

Indhold.

7   Udgiverens forord
9   En kærlighedshistorie
41   En fiskerrede
65   Bondeidyl
90   Vinterbillede
99   Arv

Udgiverens forord

Henrik Pontoppidan (1857 – 1943) regnes blandt Danmarks store forfattere. I 1917 modtog han da også Nobelprisen i litteratur. Begrundelsen var ”hans autentiske beskrivelser af dagligliv i Danmark.”

Disse beskrivelser finder vi allerede i hans tidligste bøger fra 1880’erne, og det vil bl.a. sige hans novellesamlinger *Landsbybilleder* og *Fra hytterne*, der udkom i henholdsvis 1883 og 1887. Som en kendt litteraturhistoriker skriver: ”Personerne er fede bønder og magre husmænd, garneret med bavlende lærere og højskolefolk, hoven og uforstående gejstlighed, et par enkelte grever og højere embedsmænd.”

Pontoppidans bøger fortjener stadig at blive læst, men tiden går, og retskrivningen ændres. Derfor har jeg i 2018 med nænsom hånd redigeret nærværende bog for at fjerne en række irritationsmomenter for nutidens læsere. Navneord skrives med lille begyndelsesbogstav, aa ændres til å, gamle stavemåder erstattes af nutidens, og enkelte ord erstattes af nye, der er mere forståelige. Endelig er der også hist og her, men bestemt ikke i noget stort omfang, blevet ændret en smule på tegnsætningen.

Mit udgangspunkt har dog hele tiden været, at hvis jeg var i tvivl om en rettelse, fik Pontoppidans egne ord lov til at bestå. Forfatteren har med andre ord hele tiden stået over grammatikken.

Poul Erik Kristensen

En kærlighedshistorie

I

Midt i den stille, smeltende middagshede uden mindste skygge eller sky så langt øjet rakte, højt over store, flade, modne agre fløj en stor fugl med brede, stille vingeslag.

Kommet op over byen standsede den, hvilte på vingerne og så ned - men kun et øjeblik. Så hævede den sig atter med en lille bevægelse - ligesom et skuldertræk - og sejlede derpå rolig videre hen under den blanke himmel, op over de brune mosedrag, ud imod øst, mod de store, blånende banker dér langt, langt i det fjerne.

Der havde ikke været noget at se efter; ikke en bevægelse at spore, der var standsning værd. Alting stille og lummert; - thi alting sov.

Med grøden tungt i maven lå de dernede i huse og gårde og svedte i søvne - mænd, kvinder og børn, i senge eller på halm i laderne. Og ud over det lille ombyggede gadekær steg en jævn, samstemmig snorken, der blandede sig med kvægets fra stalden.

På kølige steder lå fjerkræet og spredte fjerene; katten døsede på stenflisen, og luften lå tung og død over det alt sammen.

Selv skoven blundede uden liv i bladene, og de vippetunge strå på de modne agre havde lagt sig trætte op mod hinanden som for at sove. Kun solen sad højt på himlen med sit lysvågne øje og skoggerlo ned over den verden, hvor man drømmer.

Også pastor Rude var slumret hen inde i sin store lænestol imod nord, med brillerne på panden og hovedet lidt til siden. Et mildt, fredeligt smil lå om hans mund, en stor avis over hans knæ; og ud og ind gennem det åbne vindue svirrede muntre fluer, der ugenert satte sig på hans skaldepande og kildede ham under næsen.

Men nede i den store, skyggefulde have, under en fin, duftende lind, sad hans unge, smukke datter og læste tankefuldt i en bog.

Nu og da, når det suste svagt i løvet over hendes hoved, så hun op og tænkte. - Hun var hvid og fin, med et mørkt blødt hår bundet op i en dobbelt knude med et bånd.

Men alt som hun tænkte, skød en svag rødme op i hendes kinder, øjnene duggedes let, og om munden skinnede der frem et lille drømmende smil, der lagde sig som en stærk tro i det noget forknytte ansigt.

Så bøjede hun atter langsomt sit hoved ned mod hånden, og læste videre. Det var digte - om kærlighed.

Pludselig åbnedes inde i byen med stor varsomhed den øverste lem af en stalddør, der vendte ud imod gadekæret. Et underlig stort hoved kom frem, grinte med hvide tænder op imod solen og så sig forsigtigt om til siderne. En alt for lille, rund arm blev stukket ud og løsnede krogen på den nederste lem; og nu viste der sig en lille løjerlig person, der på hvide hosesokker og med træskoene under armen listede sig langs med væggen, indtil han nåede vejen, hvor stenbroen hørte op. Her stak han atter varsomt i træskoene og så sig på ny omkring.

Ikke en flue havde rørt sig. - Så lo han atter, så fornøjet ned ad sig, knipsede noget bort fra det ene frakkeærme og gik forsigtigt hen ad vejen.

Men netop som han i bedste tro nåede ud for lågen i præstegårdshegnet, fór han sammen ved en pludselig, skraldende fruentimmerlatter inde fra byen.

Et par fugle i de nærmeste træer steg op og fløj stille væk. Men som én, der er vant til det, dukkede den lille mand blot hovedet ned mellem skuldrene og skridtede alt hvad han kunne ud ad vejen på sine små, runde ben -

bestandig forfulgt af den lystigste skogren og af skrigende
krager, der fløj op fra træerne langs vejkanten.

Det var et par piger, der var kommet op, og som stod og
vaskede sig bag et åbentstående vindue på bagsiden af en
gård noget henne. En tredje, i bart særkeliv og med det
halve af håret udslået ned over ansigtet, kiggede frem bag
køkkendøren, halvt forvrænget af latter, indtil den lille
mand endelig nåede voldgrøften, hvor vejen drejede.

Men inde i præstegårdshaven var den unge frøken ble-
vet vakt, og idet hun lænede sig tilbage på bænken og så
ud over lågen, fangede hun netop det sidste glimt af lille
Morten Pers, der skridtede ud - med rund hat og skøde-
frakke!

Så lidt dette end var, blev den unge frøken dog pludselig
urolig. Smilet forsvandt fra kinden, hun lagde bogen bort
og trak det lille blå sjal om sig med en frysende bevægel-
se, som var der pludselig gået en sky for solen.

Tæt uden for byen lå skoven. Den var stor og gammel
og strakte sig vidt omkring mosen og langt ud imod bak-
kerne.

Lige bag leddet mod byen lå hegnsmandens hytte; lille
og hyggelig, omgivet af små stakke af krydret skovhø.

Også her var stille; men skummelt stille mod den lyse
dag der udenfor.

Inde i stuen var der køligt og næsten mørkt, skønt der
var vinduer ud mod begge sider. Men disse var små og
sad højt oppe under bjælkeloftet; og skoven skyggede
over dem. Dertil kom desuden denne tunge, klamme
skovdamp, der strøg ind gennem et par trækruder og lagde
ligesom en blålig dug over alt derinde.

Men var der end fattigt, så var der ikke des mindre så
rent og blankt, uden plet eller lyde, at det formeligt glin-
sede - lige fra de små stivede gardiner om vinduer og
sengehimmel, ned over de okkergule vægge og det ler-

stampede gulv til den lille buttede kone, der sad på hug
foran ovnen og holdt blus på en håndfuld skovkvas under
vandkedlen. Hendes grå hår sad blankt som stål under
huen, hovedlinet skinnede i halvmørket, og der var en
stille bestemthed i den måde, hvorpå hun sad og brækkede
kviste og stak til ilden.

Manden lå oven på sengen med armene under hovedet;
hans tøfler stod foran og ventede. Og henne under et af
vinduerne sad en ung pige med gult hår og syede tanke-
fuldt.

Men ingen af dem talte.

Nu og da løftede bladene sig der udenfor; der blev lidt
lysere i stuen, - og et stille, jævnt sus gik igennem skoven.

Da løftede også den unge pige sine store, barnlige øjne
og holdt dem stille i luften en stund, indtil suset tabte sig i
det fjerne. - Hun var lys af hud, uden solbrand; det glatte,
lysgule hår bundet op i en dobbelt knude med bånd - lidt
rødligt foran og ned over ørene af kæmning med vand.

Hendes skikkelse havde ikke så lidt af moderens glatte,
bløde form. Og dog var der noget over hende, noget
fremmed fint og sart, der ligesom ikke var af denne stue.

Men det passede med den tilbagetrukne krog, hvori hun
sad som for sig selv; og det smeltede sammen med det
enkelte, sky blik, hvormed hun en gang, da moderen
rømmede sig, så hen på hende og straks tilbage igen.

Også over selve krogen var der noget af en fremmed
verden - pyntet som den var med små nipsgenstande og
udklipsbilleder i rammer af evighedsblomster. Og på
væggen bag hende hang en lille hylde med smukt ind-
bundne bøger: Ingemanns helteromaner, Bibelen og flere
bind med digte om kærlighed.

-- På én gang rejste kragerne sig med en helvedes larm
ude på vejen, daskede og baskede over huset og drog med
skrig og skrål ind over skoven. Hunden fór ud i sin lænke

og gav hals, og det gamle, møre skovled knirkede i sine hængsler.

Den unge pige havde hastig set op; og da hunden straks forstummede, løftede også manden i sengen på hovedet og så spørgende ud i stuen; - det måtte altså være kendte folk.

Men datterens øjne faldt på moderen, der uforandret blev siddende foran ovnen og netop fik så underlig travlt med at blæse til ilden, som om intet var hændt. - Først forstod hun det ikke; men da skridtene nærmede sig, så man kunne høre deres takt, fór der en pludselig, nervøs angst over hendes ansigt, hun blev mørk under øjnene og samlede sytøjet i sit skød som for at flygte.

I det samme lød der trin i gangen, et par træsko blev sat til side, klinken forsigtig åbnet, og ind trådte en lille, hjulbenet mand med rund hat og skødefrakke.

"Goddav i stuen," sagde han og tog hatten af.

Nu først rejste konen sig, gik rask over gulvet og rakte sin korte, buttede arm ud imod ham med et kraftigt: "Goddav og velkommen, Morten Pers!" - hun holdt sig stiv i nakken og klemte godt til, men så ikke om til de andre.

Af disse var manden kommet op på sengekanten, hvor han sad - gammel og forpustet, med det tynde grå hår i sved ned over panden - og stirrede frem på den indtrædende, som om han ikke ville tro sine egne øjne eller kunne få rede på sine gamle tanker.

Endelig fik han fødderne i tøflerne, tørret sig over panden med sit ene skindærme og kom frem og rakte hånden. Men han kunne intet få frem for bevægelse, og hans små, farveløse øjne søgte uroligt fra den fremmede hen imod krogen til datteren, der sad ubevægelig foroverbøjet med skjult ansigt.

"Du ser vel nok Morten - Grethe!" sagde moderen hel mildt; og Grethe rejste sig og rakte hånden ud; men hun så ikke op og satte sig tungt igen, som om det svimlede for hendes øjne.

Der blev et øjebliks tung stilhed. Morten Pers, som var vant til det, trak sin brede mund ud til et grin, men fik dog intet sagt; og da han i det samme så op på faderen, tog denne hurtig øjnene til sig og så ud over gulvet.

Men moderen lod som intet, bandt et forklæde i faste ryk omkring sit trinde liv og sagde unaturlig højt, idet hun fuldt beskæftiget begyndte at gå frem og tilbage i stuen: "Værsgo' – Morten Pers! - sid ned." Men der var en let dirren i stemmen, og en blank sved var brudt frem på hendes pande. "Værsgo' - sid ned!" gentog hun.

Morten, der havde stået midt på gulvet og drejet hatten, hængte den forsigtig op på et søm ved døren og tog derpå plads på langbænken under den ene række vinduer, med ryggen mod disse, således at han kunne se over til Grethe ved den modsatte væg. Den gamle far tog sig i at være faldet i tanker, så op, og puslede sig derpå hen til borden-den, hvor han satte sig. Moderen derimod gik fra og til kedlen, som var kommet i kog, og lavede kaffe.

Den stærke, syrlige luft gennemtrængte snart stuen. Men det var, som om ingen ret kunne få munden op, og der gik lang tid hen i trykkende stilhed.

Moderen strøg bagsiden af hånden hen over panden og fik sagt, at det var varmt; Morten svarede, at det var det, og faderen gentog mekanisk det samme, idet hans øjne bestandig ligesom stjal sig hen i krogen til datteren.

Derpå sagde moderen, at der var vel intet nyt i byen; og efter en lille stund fik Morten øjnene hjem igen fra Grethe og svarede, at det var der ikke.

Men så vendte hun sig brat om ved ovnen, hvor hun stod, hævede stemmen og spurgte om høsten; og dertil svarede Morten straks uden betænkning, at hvis dette vejr holdt sig i en fjorten dages tid, ville man have indhøstet, i alt fald på de lettere jorder.

Til dette blev der svaret, at kom der regn, kunne det kanske blive galt nok med rugen; den kunne jo næppe bære sig, så svær som den var. Men nu fortalte Morten, hvad han havde læst i en avis, at sådan en lille bløde før høst netop var god til at fæstne kernen, og det mente han, der kunne være noget om.

Derom talte man i nogen tid frem og tilbage.

Til sidst sagde konen, at havde Vorherre givet god høst, sørgede han vel også for at få den godt hjem; og herfra blev nu samtalen efterhånden så livlig fra begge sider, at selv den gamle far krøb frem med sin lille skrøbelige stemme.

Han kunne nemlig huske et år fra sin barndom, da rugen ikke blev højere end som godt op over træskoene, sagde han; og med mange overflødige ord fortalte han om sin mor, der stod ude i døren og græd, da hun så pigerne på marken samle den sammen som rivelse uden at binde den i neg. Morten havde hørt noget om det samme før, og idet de nu talte om, hvor meget verden dog var gået frem i de sidste halvhundrede år, var de snart inde på merglingen; men på dette tidspunkt trak konen sig tilbage til ovnen for at tragte kaffen, mens mændene flyttede sammen og blev helt ivrige.

Men under dette var Grethe ubemærket af de andre smuttet ud i køkkenet; og da moderen lidt efter kom derud for at hente kopper, sprang hun op fra tørvekassen, hvor hun havde siddet og grædt.

"Mor!"

Men uden at se til siden smøgede moderen rolig sine snævre ærmer op over de hvide, buttede håndled, slog låget op for vasken og hældte vand i en balje, som stod der.

"Mor!" bad hun igen. "Mor dog! - Jeg vil ikke - hører du? - Jeg vil ikke."

Oppe på væggen sad tallerkener i række. Moderen så derop, talte rolig fire ud, lagde dem i baljen og tog et viskestykke fra vindueskrogen.

”Lille mor - lille mor! - du må ikke gøre det - for jeg vil det ikke - i evighed ikke - hører du det? - mor, mor dog! ... jeg - jeg siger det til præsten, mor! - jeg ... jeg ... drukner mig”, hulkede hun ud i sin sidste fortvivlelse og slog hænderne for ansigtet.

Inde i stuen talte de nu ganske højt. Men moderen tørrede hænderne, satte sig på køkkenstolen, drog varsomt Grethe ned til sig og sluttede hende inde i sine små arme, idet hun bøjede sig over hende.

”Nu skal jeg sige dig noget, Grethe. Du er helt forstyrret, er du. Du snakker jo rent i vildelse, barn. Hvad er det, du siger - drukne dig?”

Hun tog hendes hænder fra ansigtet; men Grethe gemte det ind imod hende og klamrede sig i angst omkring hende.

”Sig mig én ting, Grethe. Har jeg nogensinde gjort dig fortræd, har jeg? Nå! Tror du så, at jeg, som er din mor, vil gøre dig nogen ulykke? Nå! Eller Morten da? - Nu skal jeg sige dig, Grethe! - Morten er en honnet og redelig karl, som passer sit arbejde og holder på, hvad han har, så din far og mor kan være sikker på, at han ikke går og spiller avekatterier med dig, så du til sidst kommer derhen, hvor man ikke griner, du ...”

”Jamen, lille mor” - hulkede hun barnligt og så nu op med sine smukke, forgrædte øjne. ”Jeg holder jo slet ikke af ham; jeg - jeg elsker ham jo da ikke.”

”Vis-vas, Grethe! Elske? Det er noget sludder, som de har fyldt dig med deroppe i præstegården; det passer ikke for vort. Morten er en karl, som hverken drikker eller spiller, og som vil være god mod kone og børn, og det er noget, man kan lide på ... Tør nu dine øjne, Grethe! - og tak Vorherre. Morten Pers er den, der kan gøre en fattig pige som dig lykkelig - tro du din mor!" --

Inde fra stuen hørtes faderens pibende stemme hakke og stamme, som når han var meget bevæget, idet han samtidigt slog små slag med knoen mod bordpladen: "Ja, du har ret, som du siger - Morten! Det er denne mærkling, og dette; - for før til dags - jo pyt, Jens Monsen, for sild og simle - da måtte vel de go'e bynder se etter skellingerne, om de ku' hit' dem. Jo, jo, - vi må vel vide det, vi gamle, som var med i'en."

II

Allerede samme aften vidste man rundt i byen, at Morten Pers var blevet forlovet med hegnsmandens Grethe.

Der var kanske nok hist og her nogle unge piger, der gik og småfniste i krogene; men i almindelighed fandt man, at det passede sig rimeligt. Morten havde jo købt skrædderens sted, så kvindfolk skulle han have i huset.

Desuden vidste man, at Morten i sin lange tjenestetid havde lagt sig ikke så lidt til bedste og havde Guds gaver både af kropstykker og klædestøj i sin dragkiste, så Grethe, der var en fattig pige, havde jo da endelig kun gjort, hvad der kunne tjene hende bedst.

Ind i præstegården faldt efterretningen just, som et lille muntert selskab af herrer og damer havde anbragt sig om et festligt tebord, dækket ude i haven under et par store kastanjer. Men her gjorde den straks et dybt og smerteligt indtryk.

Pastor Rude lagde kniv og gaffel; han følte sig et øjeblik helt ilde; og i den første bitterhed lod han sig henrive til udbrud, der ellers ikke kom over hans læber.

Den lille Grethe fra skoven havde jo haft som sit andet hjem her i præstegården. Lige siden den tid hun som syv års tøs løb i stubmarken med gæssene, havde den milde,

17

venlige præst lagt mærke til dette ualmindeligt smukke barn, til hendes friske, kække ansigt, store blå øjne og gule hår i vinden; og når han i hine sorgens dage på sine ensomme vandringer over markerne så hende stå dér midt i solen med de bare ben i stubbene, den lille, runde mave fremskudt, og hænderne med gåsepisken bag på ryggen, måtte han uvilkårlig hen og stryge hende under den bløde, fint dunede hage.

Grethe svarede dengang intet, udover at hun blot strøg sig med bagen af den lille tykke brune hånd under sin sorte næstestump, idet hun med en snusen vendte hovedet til den anden side og så ud i luften.

Men en dag tog han hende ved hånden og førte hende hjem til sin egen lille moderløse Ellen-Lisbeth, der sad mellem sine dukker. Og fra den dag voksede disse to op sammen, i leg og i sorg lige uadskillelige, og i et stedse inderligere og oprigtigere venskab, der aldrig nogensinde var blevet brudt.

Og når nu pastor Rude på sine gamle dage, fra den store lænestol mod nord, så de to veninder trofast omslyngende hinanden ile ud til mark og skov eller sidde på en bænk i haven, dybt fordybet i samme bog, så kunne han nikke ved sig selv i stille glæde over dette smukke barn, som han havde fået held til at løfte op fra åndens død til et rigt og ædelt følelsesliv, med syn såvel over livets store, bærende kræfter som over de stille grønnende stier, "hvor palmerne gro".

Og alle disse håb og drømme var nu som med ét slag brutalt tilintetgjorte, håbløst knuste mod denne hårde, ubrydelige skal, som han kendte igen fra de hundrede gange tilforn. Han vidste det: her var al appel frugtesløs; og man kunne kun bede til Gud, at han dog engang ville tø dem op - disse kolde stenhjerter - at de kunne se de rige nådegaver, der er os forlenet til menneskelivets forædling og forskønnelse ...

Da den første forbitrelse var ovre, tog pastor Rude dog atter sin kniv og gaffel, og alt som måltidet skred frem, talte han roligere.

Men også over den øvrige del af det før så glade selskab havde der lagt sig en stemning af bitter sørgmodighed; thi alle kendte jo Grethe og havde fattet godhed for hende.

To ældre damer fra egnens proprietærgårde talte om den oprørende handling med en værdig, tilbagetrængt harme; og den ene, der var lidt videnskabelig anlagt, mente i dette og beslægtede tilfælde at se den sidste dyriske rest af den gamle trælleånd, som i andre henseender heldigvis nu næsten var udvisket.

Selv den noget fugtige mejeriforpagter, der hemmeligt levede sammen med sin husholderske, blandede sin stemme ind i den almindelige, vemodige beklagelse over bondestandens i dette forhold sørgeligt lave standpunkt.

Men en ung, begejstret højskolelærer fra nabosognet, med håret i en blegrød hanekam over panden og to små duske af dun på spidsen af hagen, greb straks dette med det højere følelsesliv, for i et lille foredrag at udvikle sit håb om, at den folkelige vækkelse også på dette område ville virke forædlende på den danske bonde.

Derom talte man nu, mens teen blev bragt rundt, mere og mere højrøstet; og da tevandsknægten havde cirkuleret, blev stemningen atter nogenlunde livlig.

Men over Ellen-Lisbeths unge, blege ansigt lå en virkelig og dyb bevægelse, der mere og mere tog magten fra hende. Hele hendes legeme skælvede; tåre på tåre randt - trods kamp - ned over hendes kinder.

Til sidst kunne hun ikke bære det længere, men kastede sig over stoleryggen i en overvældende hulken.

Det var ikke sorg. Hun var oprørt, - krænket ind i sin inderste, blysomste sjæl; og det hjalp intet, lige meget hvordan faderen og de to ældre damer søgte at berolige hende. Hun græd blot stærkere, krampagtigt, med en vild hysterisk gråd, der ligesom søndersled hendes legeme og gjorde et underlig uhyggeligt indtryk på dem alle.

Faderen rejste sig og talte strengt til hende, men det hjalp alt sammen intet; det var, som om en længe nedkæmpet lidenskab pludselig skaffede sig luft.

Men da begyndte præsten at forstå, at her måtte der være noget under; thi dette var ikke naturligt. Og idet han rådvild bøjede sig ned over hende, huskede han også på én gang, hvor underlig åndsfraværende hun på det sidste havde været, hvor syg og lidende hun havde set ud, uden han havde kunnet forklare sig det.

Men ved den anden side af bordet sad en ung, stille mand med et varmt blik og et gult, krøllet skæg. I smug havde hans øjne hele tiden hængt ved den unge pige, og nu, da det brast for hende, kunne han ikke længere skjule sin bevægelse.

Præstens blik traf ham over dugen; og i samme øjeblik faldt en underlig, højtidelig stilhed rundt om bordet. Den varede en lang stund, hvori ingen kunne tale. Men selv den noget fugtige mejeriforpagters øjne var ikke helt fri for en let dug.

Præsten hævede bordet i tavshed, og selskabet spredte sig hurtigt, to og to, mod havens fire hjørner. Men da han var kommet ind i stuen, åbnede han favnen for sin datter, der rødmende kastede sig ind til ham, mens han samtidig strakte hånden ud imod den unge mand, der hurtig nærmede sig.

”Gud velsigne jer,” sagde han med bevæget stemme og sluttede dem begge inde i sine arme.

Kun den unge højskolelærer fra nabosognet stod endnu ganske forfjamsket på valpladsen og kunne ikke begribe, hvad det var, der var foregået.

*

Men ude i hegnsmandens mørke stue sad Grethe mat og tung på bænken og holdt det tomme hoved i sine hænder. Lidt rødligt aftenlys stjal sig ind gennem skovens stammer, og det suste raskt i løvet over huset.

Da døren åbnedes, var det faderen, der listede ind. Og da han så, at hun var ene, stillede han sig hen ved vinduet hos hende og gav sig stille, ligesom i tanker, til at stryge med hånden over hendes hår, idet han så ud gennem ruden.

Grethe greb fast om den, og gråden vældede frem på ny, idet hun trykkede den til kinden.

Men da hun hørte moderen komme i køkkenet, slap hun; og faderen skyndte sig hen til hjørneskabet, hvor han fik travlt med noget gammelt snor, der lå i en bunke.

III

Morten Pers havde købt skrædderens sted i udkanten af byen.

Det var et net lille hus med en smule indhegnet kålhave, en vippebrønd og en andedam. Men skrædderen havde været en gammel drukkendidrik, der lod alt forfalde, og ikke så snart var høsten ovre, før Morten måtte i lag med klineske og strygekost.

Der var meget at udrette. Og Morten ville have det fint og komplet på alle måder. Murene skulle spækkes, vinduerne rettes og males med blåt; taget - halvt opædt af rotter, som det var - lægges helt om med frisk foder, for ikke at tale om et splinternyt sæt kragtræer på rygningen.

Inde i de små, lave stuer så der dertil ud, så det var til at fortvivle over. Men med alt dette gik den lille Morten og stræbte i de korte, mørke dage, som nu stod på; og aldrig nogensinde havde man set hans svedne fuldmåneansigt skinne så lystigt og tilfreds som i denne tid, når han rigtig masede på, så sveden haglede.

Nu lod det sig ikke nægte, at Morten Pers jo havde forsøgt sig andre steder end netop hos hegnsmandens - blot med mindre held. Men nu godtede det ham også ret at vide, at både en og to af byens unge og smukkeste karle hemmeligt gik og misundte ham hans Grethe; og i sin glæde og stolthed herover lovede han sig selv ikke at spare på noget for at gøre alt så godt, at Grethe ikke skulle fortryde det valg, hun havde gjort.

Og så stor var hans fryd og lykke, efterhånden som han så sin hytte rejse sig i fornyet glans, at han slet ikke mærkede den misstemning, der hist og her i byen begyndte at komme til orde imod ham, og som ikke havde sit udspring fra noget mindre ophøjet sted end selve præstegården.

Man ymtede om, at pastor Rude med harme havde modtaget efterretningen om den påtænkte forbindelse, og at hans unge datter i de heftigste udtryk havde angrebet Grethes mor - ja med tårer i øjnene ligefrem forlangt, at man skulle skride ind mod den brutale vold, der var anvendt mod hendes veninde.

Men dette måtte dog ikke være blevet til noget, og navnlig gik det ganske sporløst hen over hovedet på den glade Morten Pers, der hele dagen ikke havde tanke for andet end at kline og lune så godt for sin lille Grethe, at hun ville smile i den højtidelige stund, hun drog ind i hans stue for ikke at forlade ham mere. Selv natlige vandrere, der kom forbi, havde set ham med lys i køkkenet pudse og hvidte til langt efter midnat.

Men med præstens unge datter var der foregået noget, der sikkert havde bidraget sit til den mislige forandring af stemning rundt om.

Frøken Ellen-Lisbeth var blevet forlovet. Og nu så med skamrødme mangen ung pige og kone, at den sande, løftende kærlighed, hvorom så meget var talt og sunget - den havde de aldrig på den måde ejet.

Men frøken Ellen-Lisbeth havde den også ligesom helt forandret. Hun havde fået friskhed på kinderne, jublende glans i sine store, brændende øjne; - ja, selv om det var stemmen, så fik den en så betagende, indsmigrende klang, at mange, der hørte den langt borte, stod stille blot for at lytte.

Hver eftermiddag mellem tre og fire - længe, længe før posten med al rimelighed turde ventes - kunne man se hende vandre utålmodig frem og tilbage bagved havelågen, hvert øjeblik kiggende frem og ud ad vejen med alle tegn på nervøs uro, parat til at styrte ud ved det mindste glimt af en støvet frakke over bakkekammen. Og natlige vandrere, der kom forbi præstegården, kunne bestandig, selv langt efter midnat, se lys bag gardinet i et bestemt kvistvindue - og skyggen af en, der sad og skrev.

Men om lørdagen, når faderen sov til middag eller skrev på sin prædiken, listede Ellen-Lisbeth helt ud gennem havelågen og sneg sig ad en sti omkring byen ud imod øst, hvor hun tog sandvejen ud over bakkerne - bestandig ilsommere opad de stærke stigninger og med øjnene stift frem, indtil hun pludselig på toppen af en høj gav sig til at vifte og vinke med lommetørklæde og parasol ud imod et lille gråt punkt, der bevægede sig nede over mosedraget - vifte og vinke, svulmende rød, og med hjertet synligt bankende imod kjolen.

Men det lille grå punkt skred hurtigt fremad og blev en stor, grå mand med lysgult, krøllet skæg, der med åben favn hastede imod hende. Under et skyggende træ lukkede denne sig om hende i et blussende møde, i et langt, bedøvende kys, i ord uden samling, spørgsmål uden svar, i favntag og rødmen uden ende.

Han greb hendes hænder, famlede over hendes hår og så hende ind i de store, brændende øjne. Hun tog hans hat,

tørrede ham sveden af panden og trykkede sig ind til ham.
Så lo de igen, og kyssedes, og vidste ikke af sig selv af
lyksalighed.

Endelig rev de sig løs og gik hjem over de store, golde
marker - hun ind til ham, han bøjet over hende med armen
om hendes liv, i en berusende ensomhed, borte fra al ver-
dens larm - her, hvor kun sol og fugle jublede deres kær-
lighedslykke ud over det ganske land.

Men når de så, på den sidste bakkeskråning, i frastand
så et lille hus med andedam og vippebrønd og en lille
grim mand, der stod og svedte med en vældig strygekost
mod en styg brandgul mur, da formørkedes med ét Ellen-
Lisbeths smukke ansigt; og i følelsen af egen overstrøm-
mende lykke kastede hun sig ind og gemte sig i hulken
under det gule, krøllede skæg.

”Stakkels, stakkels Grethe!”

Nu, - det var sandt; med Grethe havde det taget en sør-
gelig vending.

Sløv og tung, uden gnist af håb eller tanke, sad hun der-
hjemme i den mørke stue og syede mekanisk på store
bunker af tøj - lagner, særke og tunge vår - som moderen
gav hende i hænde.

Hver aften kom Morten og satte sig ved hendes side,
hvor han stille og lykkelig fulgte hvert sting, hun tog, og
lo op imod hende, når hun tankeløs stak sig.

Om sine store forberedelser og indkøb til deres nye
hjem talte han aldrig. Det var hans store, dyre hemmelig-
hed, der først skulle åbenbare sig til hendes forbavselse
den aften, hun drog ind for at blive hos ham.

Derimod oprullede han for hende, hvor dejligt de skulle
have det i deres lille stue - ”hvor sølle og ussel den end
blev”, føjede han altid til med et snedigt grin - når hun
rigtig blev hans; hvordan de i de lange vinteraftener skulle
læse i præstens bøger, inden de ”gik i reden”, og hvorle-

des de nok kunne komme ud af det med sparsommelighed
og redelig levemåde, selv om de endda fik en klat børn.

For det første skulle de naturligvis have en gris, det var
tydeligt. Men dertil havde han tænkt sig at holde en snes
høns, hvilket var fordelagtigt for dem, der - som han -
tærskede "til punds" (på akkord); så kunne Grethe gå til
byen med æggene, mens han var på arbejde. Men navnlig
udbredte han sig meget vidtløftig over, hvad der kunne
gøres ud af kålhaven og det stykke vænge, der hørte til
huset, når det ret blev kulegravet og renset for den mæng-
de kvikrødder, som den gamle gris af en skrædder havde
ladet samle sig i jorden.

Grethe hørte næppe et ord af alt det, han sad og fortalte.
Og så vant var hun blevet til ham, og så sløv for det hele,
at da han endelig en dag kom og lagde sin arm om hendes
hals for at fortælle, at nu var både lysning og bryllup be-
stilt hos præsten, gjorde hun sig blot langsom fri og sva-
rede med et mat: "Allerede."

Men brylluppet var bestemt til en af dagene før jul og
skulle holdes med festlighed og mange gæster.

Dette sidste var moderens vilje. Og jo mere misstem-
ningen og snakken greb om sig inde i byen, des større
forberedelser gjorde hun i stilhed til dagen. Grethe god-
kendte alt uden indvendinger, og faderen var på det sidste
faldet så meget af og blevet så besynderlig, at han slet
ikke blev spurgt.

Tre dage før jul, i højt, skinnende vejr, under en skyfri
frosthimmel, drog da hegnsmandens festlige bryllupsskare
i tre vogne ud fra skoven.

Kragerne - brudens første barndomskammerater - rejste
sig fra træerne langs vejkanten og hilste dem som varsels-
fugle med skrig og skrål over vejen, alt som de kørte
frem.

I den forreste vogn sad brudeparret. Grethe rolig og fattet, men bestandig en kende blegere, jo længere de nåede frem imod kirken.

På hovedet bar hun et hvidt slør, der bølgede bagud i vinden, og en frisk myrtekrans, som Ellen-Lisbeth - et gammelt løfte - hemmelig havde sendt hende under mange tårer. Hænderne foldede hun fast om en skinnende salmebog, som moderen om morgenen havde givet hende med et kys.

Ved siden skinnede Morten i svimlende høj cylinderhat. Idet vognen drejede ind imod byen, fangede han over markerne et glimt af en vippebrønd og et brandgult hus; og idet et hemmelighedsfuldt grin bredte sig i hans ansigt, skelede han til siden. Men Grethe så ham ikke; hun stirrede ufravendt og med unaturlig vågne øjne lige frem over de dampende heste.

Inde i byen stod folk i døre og vinduer, da brudetoget drog igennem. Ved den anden vogn rettedes alle blikke mod moderen, der sad ene på bagsædet, stiv og glinsende, uden at se til siden, og med en holdning, hvorpå alle stikkende blikke prellede af. Hue-gallonen skinnede udfordrende i solen, og de spraglede nakkebånd flagrede bagud med små hånske smæld i vinden.

På begge sider af kirkegårdsporten ventede en tæt klynge af kvinder og børn langt ind mellem gravene. I nogen afstand, inde mod byen, stod karlene med lange piber, - mændene helt inde i stalddørene, med armene hvilende på den nederste lem.

Da vognene holdt, tav mængden, og man trykkede sig sammen for at se. En velvillig karl inde i byen blaffede et gevær af ude i stakhaven; men i den trykkende stilhed rundt om føltes det mere som en hån end som en hilsen. Nogle af karlene begyndte også at le, og bryllupsgæsterne steg stille ned ad vognene og gav sig til at børste på deres klæder uden at se ud.

Men da de løftede bruden af den forreste vogn, så alle så hendes ansigt, der var lighvidt, gik der en forbitrelse gennem mængden. Unge piger stod blege med tårer i øjnene af harme, og en fattighus-kælling oppe på stendiget gav sig til at råbe højt nogle gemene ord om "hegnsmandens Else", så folk måtte vende sig og tysse.

På vejen gennem byen havde Grethe netop haft samling nok til at mærke, at ingen af gårdene flagede, og det havde smertet hende. Men da hun nu hørte sin mors navn blive nævnt i denne mængde, følte hun pludselig salmebogen brænde sig i hånden, og idet hun greb om Mortens arm, så hun rask op med blodet i kinderne.

I det samme begyndte klokken i tårnet at summe; brudeskaren ordnede sig, og en lille hvid degn åbnede kirkedøren.

Inde i kirken havde der allerede gennem en sidedør samlet sig en større skare både på mands- og kvindesiden, der rejste sig, da følget kom over kirkegulvet og gik op imod alteret, hvor pastor Rude tog imod det. Her delte det sig efter den lille degns anvisning ligeledes efter mænd og kvinder; men Morten, som nu engang havde fået fat i Grethes hånd, ville ikke slippe den og satte sig hos hende.

Nede i kirken herskede der øjensynlig stor spænding. Et rygte havde nemlig fortalt, at pastor Rude, som just var kaldet til et andet sogn og flyttede en af dagene, ville benytte denne sidste kirkelige handling, han efter al sandsynlighed kom til at forrette på dette sted, til at sige sin gamle menighed et alvorligt ord, der længe havde ligget ham på hjerte. Og da han nu efter endt salme vendte sig fra alteret, så han også så strengt ud over brudeskaren og snød sin næse et så usædvanligt antal gange og med en sådan kraft, at alle nede i kirken uvilkårlig skottede til hinanden og forstod, at rygtet ville tale sandhed.

Grethe, der følte, at alles øjne vogtede på hende, lod Morten beholde hånden og holdt sig i kamp så rank, som hun kunne. Og når alligevel - næsten uden hun selv vidste det - tåre på tåre gled ned i hendes skød, da var det ikke præstens ord, der buldrede som en torden hen over hendes hoved, men fordi hun vidste, at et eller andet skjult sted i kirken sad Ellen-Lisbeth og græd med hende.

Morten var lykkelig over hånden og smilte stille og hemmelighedsfuldt hen for sig. Heller ikke han hørte et ord af præstens lange tale; han var langt herfra - hjemme i sine små hyggelige stuer, hvor alt nu var parat til modtagelsen.

I tankerne gennemløb han rækken af de nye møbler, han i så stor hemmelighed havde anskaffet, og beregnede den overraskende virkning, hvert enkelt af dem ville gøre på Grethe, når hun i aften endelig fik dem at se - det grønne bord, klædeskabet og navnlig vaskebordet, som han vidste, hun altid havde ønsket sig.

Han efterså nøjagtigt i stuerne, men kunne ikke se, at der manglede noget til et lykkeligt hjem. Ude i køkkenet havde han endda sørget for, at der var vand i vandspanden, så Grethe ikke straks i aften skulle have ulejlighed ved brønden; og opad væggen ved komfuret havde han anbragt en sirlig lille stabel af flækkede fyrrepinde, så hun straks kunne have noget at fyre op med om morgenen.

Men foruden dette havde han endda pyntet op både i stue og kammer med små grankviste, som han havde skåret i skoven. Hele aftenen i går var gået med at arrangere dette på det festligste, og han havde været så optaget deraf, at han næsten ikke havde kunnet sove om natten; men da han vågnede i morges - klokken var ikke mere end tre - gik han straks i bar skjorte og med lyset i hånden om i stuerne for at se, om alt endnu stod i samme orden.

Og nu sad han her under præstens buldrende torden og godtede sig i tankerne ved det ansigt, Grethe ville stille op, når hun i aften trådte over tærsklen, og han selv tændte lyset for hende ...

Pastor Rude talte om kærligheden, livets skønneste
blomst, den yndigste nådegave, som er os forlenet; den,
hvorfra alt godt og stort har sit udspring, - ja til syvende
og sidst det eneste bærende i livet.

Efter denne indledning gik han naturlig og rolig over til
ægteskabet, hvis grundvold kærligheden var.

Men i denne forbindelse var det, at han ikke kunne til-
bageholde sin alvorligste beklagelse over den sørgelige -
han turde sige: brutalitet, som man desværre såre ofte - og
ikke mindst på landet - måtte være vidne til, idet man så
mænd og kvinder uden blu lade sig forene med ægteska-
bets hellige bånd uden engang at vide, hvad sand og dyb
kærlighed betød. Han ville ikke lægge skjul på, at hans
sjæl krympede sig, hver gang han i embeds medfør måtte
forrette denne hellige handling overfor et sådant par. Thi
det var det sørgeligste tegn på en - han turde sige det:
sjælelig råhed, som ethvert følende menneske måtte vende
sig fra med afsky.

Han blev stedse varmere og endte i fuld ekstase:

Det var - tilråbte han dem - en krænkelse af sjælens
skønneste og ædleste følelse, en forbrydelse mod det bed-
ste, ja i sin grund en usædelighed, der som det åbenbare
hor var en vederstyggelighed for Herren og hans menig-
hed. Derfor ville han i dette, som i alle tilfælde, indstæn-
digt anråbe hver især først alvorligt at ransage deres hjer-
ter; og, efter endnu tre gange at have snydt sin næse me-
get stærkt, ville han af hele sit hjerte bede Vorherre beva-
re den menighed, han nu skulle forlade, og løfte dens sjæ-
le fra det gamle trælleåg op i lyset og livet, til de grøn-
nende stier, "hvor palmerne gro".

Da han endte, var han badet i sved og ganske bleg af
indre bevægelse. Men efter endt ofring gik Morten tillids-
fuldt hen og takkede ham for de "skønne ord".

Nede i kirken derimod sad man endnu ganske stille af
beklemmelse. Og da følget drog tilbage over kirkegulvet,

fæstede alle øjne sig frygtsomt på Else. Hun knejsede dobbelt rank og frejdig bag sin datter uden at fortrække en mine.

IV

I løbet af eftermiddagen så man flere pyntede gæster trække fra byen ud til bryllupshuset. Og hen på aftenen var der næsten fuldt i hegnsmandens trange stue, hvor sengen og det store egeskab var flyttet ud for at give plads, og væggene pyntet op med granguirlander og små dannebrogsflag.

Langs den ene vinduesside stod der dækket et langt, festligt bord, belyst af tre stearinlys i stager og fuldt af gode, fede sager: skinke, sylte, røget bedekød og varme, stegte sild, der lugtede ud i stuen. Hegnsmanden selv stod for den ene bordende, med brændevinsflasken mellem sine rystende hænder, og opfordrede folk til at sætte sig, mens Else gik hurtig ud og ind fra køkkenet med kaffe til gæsterne, som blev ved at komme, så man til sidst næppe kunne røre sig.

Alligevel var mange blevet hjemme, skønt de var budte. Især havde gårdmændenes familier holdt sig tilbage, så det var mest husmænd og indsiddere med deres koner og børn, der ikke ville lade en god bid mad gå fra dem, når der var lejlighed. Senere på aftenen kom også karlene og byens muntreste piger, der havde lyst til en dans. Men da måtte man lukke alle døre og vinduer op på vid gab for at få luft.

Og da så alle havde spist, blev bordet, stolene og alt overflødigt boskab uden videre kastet udenfor, to spillemænd anbragte på en tønde i Grethes krog, og alle gamle folk sat op på loftet med en lygte for at spille Napoleon; thi nu skulle lystigheden først ret gå for sig, og bruden danses svedt ud af pigelaget. Men forinden banede Else

30

sig vej gennem mængden med en rygende bolle punch over hovedet; og mens Tosse-Kresten og Per Æg stemte fiolen i krogen, udbragte en allerede noget rødhovedet karl et dundrende "brudeparret leve", som besvaredes med vældige hurraer, der ligesom pressede sig ud gennem de trange vinduer og langt ud i den stille, stjerneklare vinternat.

Inde i byen var alt allerede for længst gået til ro, lysene slukket i huse og gårde. - En let månedis lå over egnen. Fra mosen og de rimdækkede marker glimtede det svagt. Skoven, der langsomt højnede sig op over bakkerne, lå som overdraget med et slør af sølvmor, der hist og her i brede bælter blinkede i månelyset som rindende vand. Himlen var skyfri, men stjernerne store og matte og syntes som halvt udslukte ret over byen, hvor disen forstærkedes af den hvidlige em, der i den kolde nat åndede ud fra de varme staldlænger.

Bag et halvt åbnet kvistvindue i præstegården sad Ellen-Lisbeth, indhyllet i et tykt tæppe og lyttende til den fjerne larm fra skoven.

Oprevet af gråd og fortvivlelse kunne hun ikke fatte, at det virkelig var sket; hun turde ikke tænke derpå. Og hver gang scenen fra kirken og Grethes forfærdelige, dødlignende ro lyslevende trængte sig ind på hende, måtte hun med hovedet i hænderne kvæle sin fremvældende hulken, for at den ikke skulle vække faderen nedenunder.

Ud på natten øgedes larmen og lystigheden derude fra, alt som månen roligt sejlede videre op over skoven, hvis opskræmte dyr og fugle trykkede sig tættere og tættere ind i tykningerne.

Kun en gammel nysgerrig ræv, der havde lugtet stegebraset, luskede sig af og til langs stengærdet og stod stille for at se hen på det røde, støvfulde skær, der faldt ind mellem stammerne, og skyggerne, der ustandselig bevægede sig hen over det.

Stuen derinde var et støv og en hede, der drev ned ad væggene. De halvt udbrændte lys flakkede i vinden, så der undertiden var næsten mørkt. Klinkevals, sekstur, pærevals vekslede i et væk med hinanden til Tosse-Krestens og Per Ægs lystigste klimpren, skønt der næppe var plads til at røre sig på gulvet. Pigerne skreg, de halvdrukne karle trængte på for at komme frem, og oppe i vindueskarmen sad gammelmændene, der var kommet ned fra loftet, og røg tobak og lo. Men hvert øjeblik blev en ny dampende bolle båret ind over hoverne på de dansende; og ude i køkkenet sad konerne samlede i kreds om kaffekedlen på komfuret.

Grethe krøb sammen i en krog af stuen, hvor hun var ubemærket. Hidtil havde hun på trods og ved anspændelse af alle sine kræfter holdt sig så rank, som hun kunne; men nu, da lystigheden var så fremskreden, at man ikke mere tog notits af hende, sank hun helt sammen.

Hun prøvede på at samle sig og tænke på Ellen-Lisbeth; men det løb alt sammen rundt for hendes øjne. Hun følte sig helt som en fremmed og var så træt og ør af de sidste søvnløse nætter, at hun næppe kunne holde hovedet oprejst.

Morten satte sig hos hende og tog - vist for tyvende gang - hendes hånd. Han havde på det sidste kredset så underlig stille og beklemt omkring hende og gav sig nu til at stryge hende besynderlig blødt over hånden.

Hun drog den ikke tilbage; men han syntes at mærke, at den skælvede; og en lang stund sad de således i tavshed, mens spektaklet voksede rundt om dem.

Endelig bøjede han sig over mod hende og spurgte sagte, om de nu ikke skulle gå hjem.

Først svarede hun ikke. Men da han gentog det, rejste hun sig og fulgte.

Ude i bagdøren tog hun kort farvel med moderen, der kyssede hende på panden. Men idet hun hørte faderen komme i køkkenet, skyndte hun sig hurtig bort - ud af skoven og hen ad vejen, så Morten havde ondt ved at følge med de bylter af Grethes tøj, han havde under armen.

Månen var netop gået ned bag skoven. Himlen havde derved ligesom højnet sig - dyb blå, med stikkende gyldne stjerner - og det var bidende koldt. Ude fra den sorte mose, der lå i skygge af bakkerne, skinnede isen på de retskårne tørvegrave med en glans som dugget sølv, og det gnistrede op af de store marker på begge sider af vejen, hvor de to gik i tavshed ved siden af hinanden.

Morten følte sig lidt benovet. Nu, da det var så nær, syntes det ham helt underligt, at denne unge, dejlige pige skulle følge med ham hjem til hans stuer, ligge i hans seng, og aldrig forlade ham ... Han blev på én gang ganske hed i hovedet og turde næppe se op på hende; og idet han i det fjerne så sin brandgule skorsten og vippebrønden titte frem over marken, begyndte hans hjerte at banke heftigt.

Men da han endelig stod med hende inde i den lille mørke forstue og havde lukket døren efter dem, tog han begge hendes hænder og sagde af sit fulde hjerte: ”Nu skal du have tak og velkommen, Grethe!”

Grethe følte sig ganske svimmel, da hun hørte døren lukke sig efter hende, og måtte støtte sig til muren. Men Mortens ord lød så inderlige og oprigtige, og hans håndtryk var så ærligt og trofast, at det skar hende i hjertet, og hun kunne ikke svare. Først da han havde sluppet taget, kom der et stille, bevæget: ”Tak”, men da var han allerede inde i stuen for at lede efter tændstikkerne.

Derinde mødte dem en velgørende varme fra en munter ild i ovnen, som nabokonen havde passet efter Mortens ordre, for at det skulle være komplet. Gardinerne var rullet ned for vinduerne; på bordet stod en skål med friske potteblomster. Alt var på rette plads, skinnede nyt, og bød velkommen; og der lugtede så rent og hyggeligt.

Morten drejede sig rundt med lyset, for at Grethe rigtig kunne betragte. Han selv var helt optaget af indtrykket, det gjorde, og så sig omkring i en lyksalig beruselse, som om han havde været skilt fra det en evighed. Kommoden, stolene, det blålige spejl over bænken, det hakkende ur i krogen - han løb fra det ene til det andet for at vise hende det.

Grethe holdt sig henne ved døren; hun følte alting vakle for sine øjne. Men i sin overstrømmende glæde trak Morten hende med sig ind i sovekammeret og holdt lyset højt i vejret, idet han så sig triumferende omkring.

Her stod den store, opredte dobbeltseng med tykke dyner op til loftet og sengebånd over. Et splinternyt klædeskab og dette vaskebord med blikfad, som Grethe altid havde ønsket sig. Ude i det friskkalkede køkken skinnede kobbertøjet blankt ned fra væggene; vandspandene på en lille ny træskammel, med øsen ovenover på et søm, fejekosten, komfuret og den lille sirlige stabel fyrrepinde - alt stod parat og ventede bare på hende. Saltetønden, skurekluden og den lange række hvide tallerkener over køkkenvasken skinnede så indbydende ned fra deres hylde, som om de ville sige: kom og tag mig!

"Nå?" smilte Morten henrykt og så over på hende.

Men i det samme vendte hun sig hurtigt fra ham, skjulte ansigtet i sine hænder, sank stille ned på en stol og faldt snart i en bitter hulken.

Morten stirrede længe på hende og satte langsomt lyset på bordet. Han forstod det slet ikke; men hans ansigt forandredes helt.

"Synes .... synes du ikke om det - Grethe?" spurgte han endelig langsomt og usikkert.

Hun svarede ikke; hulkede blot stærkere og skjulte sit ansigt. Men da han nu helt ulykkelig bøjede sig over hende, så hun rask op med tårerne i øjnene, kastede armene om hans hals og sagde ham hurtig og i angst lige op i ansigtet: "Du vil jo være god ved mig, Morten? Jeg skal nok være det mod dig - det skal jeg love dig - for du vil jo være det mod mig, vil du ikke? - ikke sandt?"

"Ih, ja da, Grethe! - men ..?"

"Ja, ja, ja - jeg ved det nok, jeg er ikke rigtig; men det skal nok komme, for det er jo dette - og dette ... Å Gud! Å Gud! ... men når du bare vil vente - og så være god ved mig - og det vil du jo, det vil du jo?" gentog hun i sin angst og kastede sig tættere op imod ham.

Morten forstod det endnu slet ikke; men han havde næsten selv tårer i øjnene. Han holdt sin arm om dette smukke, skælvende legeme, der klyngede sig ind til ham; og idet nu hendes hoved stille sank ned på hans skulder, kunne han med hånden føle hendes hjerte banke voldsomt under kjolen.

"Men Grethe! - lille Grethe, da!" sagde han; - han kunne ikke få mere frem.

Lidt efter så Ellen-Lisbeth, der havde holdt øje ved vinduet, at lyset blev slukket i de nygiftes hjem. Hun rejste sig, lukkede vinduet og vaklede til sengen. Her kastede hun sig over hovedpuden og lå længe ganske stille med hænderne fast pressede for ansigtet.

Næste morgen rejste hun til faderens nye kald for ikke at vende tilbage.

V

Der gik fem år.

Så hændte det en sommerdag, at en elegant klædt dame til alles forbavselse spadserede om i byen og så så underlig bekendt til alle ting - til kirken, præstegården og haven med de store kastanjer.

35

Navnlig dvælede hun ude imod skoven og på den stærkt stigende sandvej over bakkerne omkring mosen, hvor hun sås at vandre tankefuld frem og tilbage over de øde, golde marker, indtil hun satte sig under et skyggende træ ved vejkanten, med hovedet i hånden, ligesom lyttende efter fuglesangen, der jublede ud over landet.

Endelig opdagede man, at det måtte være gamle pastor Rudes datter, der - som man vidste - var blevet gift for et par år siden. Man havde endog hørt rygter om det store, dejlige bryllup, som de to ældre damer fra proprietærgårdene var kommet helt løftede og bevægede tilbage fra.

Og det var det også. Det var Ellen-Lisbeth - fru Lunding.

Hun havde forandret sig i de år. Hun var blevet fyldigere, men også blegere. Hun gik tungt; gløden i de brændende øjne var udslukt; og dette lille, klare smil, der tidligere lyste som en stærk tro i det også dengang lidt forknytte ansigt - det fandtes ikke mere.

Men hun var ikke mindre smuk nu. Hagen rundede sig kraftigere, blikket så dybere; og når hun af og til standsede i skyggen for i lange drag at indånde den svale, bedøvende sommerluft, kunne blodet på én gang strømme hende så brændende varmt til kinderne, og hendes legeme svulme i en så moden fylde, som ville det sprænge den lette, lyse sommerdragt.

Da hun havde set de kendte, hjemlige steder rundt om, vendte hun sig atter mod byen. Hun ville besøge Grethe.

Huset fandt hun let; det lå der endnu med sin vippebrønd og sin andedam, og havde holdt sig ens i alle disse år - lige til den brandgule farve, der skreg i solen. I den indhegnede have stod kål og kartofler i lige rækker; og i det lille vænge bag ved kæret stod en broget ko op til knæenei så rød og duftende kløver som på noget stykke tredobbelt kulegravet jord.

Da Ellen-Lisbeth på afstand fik øje på huset, kom hendes hjerte voldsomt til at banke; og hun måtte standse et øjeblik med hånden over panden.

Hvorledes var det vel gået hende?

I den første tid efter adskillelsen havde de to veninder vekslet flere breve. Men det var, som om de ikke længere kunne åbne sig helt for hinanden; det ny, der var kommet dem imellem, holdt ligesom ordene tilbage, og de følte sig fremmede for hinanden. Brevene blev bestandig kortere og dunklere. Til sidst døde forbindelsen helt hen. Siden havde fru Lunding intet hørt om hende, om end hun ofte i tankerne havde dvælet i minderne fra deres lykkeligt drømmende barndomsår og med tårer i øjnene spurgt sig selv, hvorledes det vel gik hendes stakkels lille barndomsveninde.

Men da hun nu kom nær til huset, studsede hun ved at høre latter og leende børnestemmer derinde fra, og idet hun efter en kort tøven åbnede døren til stuen, slog der hende straks i møde en velgørende duft af friskbrændt kaffe, og hun så en hyggelig familiekreds omkring et dækket bord med en grov, hvid dug, hvorpå solen faldt ind.

De havde ikke hørt hendes banken.

Morten bredte sig - skinnende fornøjet - for enden af bordet med en prægtig fuldmåneglut på hvert knæ. Bedstemor sad lidt ud på gulvet, med løste huebånd, og trallede for den allermindste, hvis dåbsdag det netop var. Og henne ved vinduet puslede den gamle bedstefar - kroget, men småleende - med en tobakskardus og en pibe.

Man havde netop spist. På bordet stod levningerne af måltidet: æg, kogte spegesild, plukfisk og et lerfad med kartofler, der endnu dampede så småt midt i solen; en kande med øl og en tømt brændevinskaraffel.

I vindueskarmene stod der spraglede blomster i potter; midt imellem dem sad en sort kat og slikkede sin pote.

Alting så så rent og hyggeligt ud. Døren til sovekammeret stod åben, så man kunne se den store, opredte seng med dyner til loftet og sengebånd over. Det blålige spejl hang på sin gamle plads over bænken, og uret snakkede gemytlig henne fra krogen.

Men hvor Grethe var blevet stovt! Bred og prægtig som moderen, med buttet hage og rank hals, et par skinnende øjne - og en latter, som hun sendte lige op i loftet, hver gang Morten, der var lidt "på en halv", henne fra bordenden prøvede på at synge for glutterne. Hun stod nemlig henne ved ovnen og tragtede kaffen; og Morten havde en stemme som en hæs ravn.

Grethes gule hår var måske blevet endnu en smule rødere foran af den megen kæmning med vand; men så var det også blevet ligesom større og prægtigere, med tykke totter ned over hendes svedige pande. Det uldne, blomstrede tørklæde, hun bar over det, når hun gik i køkkenet, havde hun skubbet ned over nakken, så det hang som en hætte. Thi hun var varm af at have spist med den stærke appetit, som diegivningen giver, og både kjolen og underlivet havde hun knappet helt op og skudt særken ned, for straks i påkommende tilfælde at være parat med brystet, der - stort og mælkespændt - skimtede frem derinde under den varme uldtrøje.

Fru Lunding fik lov at stå en stund uden at blive bemærket; men da de endelig opdagede hende, blev der ganske stille.

Grethe blev dog både forbavset og glad ved at se hende, og bød hende velkommen; de andre rejste sig også, og hilste, og spurgte til. Hun måtte da endelig sætte sig og gøre sig til gode.

Fru Lunding satte sig også og drak den kop kaffe, Grethe skænkede op for hende. Men hun var ganske fortumlet og måtte med magt samle sig så vidt, at hun kunne besvare spørgsmålene, der rettedes til hende, og selv spørge om det, som hun nu egentlig vidste i forvejen.

Også Grethe følte sig efterhånden noget trykket og satte sig stille hen på bænken ved siden af Morten. Det var åbenbart, de kunne ikke rigtig komme til at tale sammen; der lå for mange år imellem. Morten blev derfor snart ene om at spørge og svare; thi Else, bedstemoderen, der - som gamle hegnsmandsfar sagde - ellers ikke "manglede kæft", havde ikke helt glemt historierne fra for fem år siden, og trak sig noget tilbage.

Senere, da mændene og børnene gik ud for at se til grisen, og bedstemoderen i køkkenet, flyttede fru Lunding dog hen ved siden af Grethe.

Men selv da talte de sagte, og der var længe mellem hvert spørgsmål og svar. Fruen så sjældent op, men tegnede med parasollen på gulvet.

"Og nu er du virkelig lykkelig, Grethe?"

"Ja," sagde denne åbent og lo.

"Men-n" - hun trak det ud - "nu din mand?"

"Morten?"

"Ja - jeg mener - elsker du ham nu?"

Nu var det Grethe, der bøjede sig frem og så mod gulvet. Men da hun mærkede, at den andens øjne hvilede på hende, svarede hun sagte og med noget dyb stemme: "Jeg tror, vi gjorde for meget ud af det - dengang - med dette kærlighedsvæsen - og dette - at sige, sådan som vi læste om ... jeg mener ..."

Hun blev rød og stammede. Fru Lunding tog hurtigt øjnene til sig, og tegnede igen.

Men nu spurgte Grethe: "Og du? Du er jo gift?"

Hun nikkede.

"Og du er vel så grumme lykkelig, du?"

Men da hun intet svarede hertil, begyndte Grethe at forstå, og spurgte ikke mere.

Men fru Lunding mærkede en hånd på sin skulder, og da hun så op, var det moderen, der var kommet ind fra køkkenet og havde hørt det alt sammen.

"Ser De, gode frue!" sagde hun langsomt og med et lille sejrssikkert smil. "Der var engang, De var vred på mig - jeg ved det nok; men da var De så ung og kendte ingen ting. Men nu har De jo set lidt af verden, og vel også prøvet Deres, kan jeg forstå; - og se: vi gammeldags bønder, vi har det nu sådan på en anden maner; for når den ene er karl, og den anden er pige, og de ellers er skikkelige og ordentlige og vil være gode ved hinanden, så er der jo dog, hvad der skal til; og senere kommer jo børnene, og så sådan et liv sammen i arbejde og beskæftigelse; tro De mig - lille frue! - det er noget andet end denne her forfjamskelse, som de kalder kærlighed!"

En fiskerrede

Der lå et lille fattigt fiskerleje - otte, ti små tjærede træhytter - ved det store, åbne hav.

Langstrakt og smalt, gavl ved gavl, bugtede det sig som en lille orm bag den store, nøgne klit, hvorover havet forgæves kastede sin fråde.

I stille, lyse sommerdage, når solen smeltede tjæren af væggene og glødede sandet, så det brændte under fodsålen, kunne det lille leje dog ligesom brede sig i sin ensomhed, - skyde sig op over klitten med sine net og netstænger, med skarer af halvnøgne, larmende børn på forstranden, og stærke, solbrune kvinder, der sad på hug omkring et bål i sandet og kogte beg.

Men i de mørke, vilde vinterstorme, når himlen sænkede sig lavt med gråblå, flygtende skyer over den øde sandflade; når store, hvide måger ængstelig trykkede sig sammen i den rullende havstok, mens klitterne røg som en fygende sne, - da krympede det lille leje sig ligesom endnu tættere sammen under sin klit; lemme og luger lukkedes, og dørene stængtes; - da ville selv ikke røgen ud af lyrerne i de sortbrændte rygninger, men trykkede sig lavt og angst ned over tagene. Og døgn på døgn lå lejet hen som i en død, - lukket inde i sig selv, mens sand og store skumflager hvirvlede hen over det.

Men da kunne det med ét i mørke, tågede nætter hænde, at stilheden brødes af en knirkende dør, som forsigtigt åbnedes.

En mand kravlede op ad sandskråningen, lagde sig på maven deroppe, og lyttede ud over havet, der dundrede mod klitten.

En anden mand kom listende op fra nabohuset og lagde sig hos ham. En sagte samtale - ofte afbrudt af lange, tavse mellemrum - begyndte imellem dem. Endelig kravlede den første atter ned og løb hen til et tredje hus, hvor han bankede på en lem, der hurtig åbnedes.

Og som ved et aftalt tegn knirkede nu - én efter én - alle lejets vindtørre døre. Små, brede mænd med skæggede ansigter dukkede frem i tågen. Tykke, brune kofter og kitler bevægede sig omkring imellem hinanden uden at tale; puslede - højst med en hvisken eller fnisen hist og her - med reb, stiger og bådshager, indtil de omsider samledes om en lille hornlygte og hurtigt og lydløst drog østpå, bag om klitterne.

Et nøgent fruentimmer med det store, uredte hår ned over skuldrene var kommet frem i en dør og så efter dem. Men da de ikke længere var at skimte, trak hun sig igen tilbage med en lang, lydelig gaben. - Og atter hørtes intet uden havets hule, uafladelige dundren.

Men i øst, oppe på klitrækken, blussede lidt efter en flamme op imod den sorte himmel, ... en begfakkel, der langsomt - som i bølgegang - bevægedes op og ned, idet den samtidig fjernede sig hurtigt.

Snart på den ene, snart på den anden side af klitten blev den ved at løbe frem og tilbage langs med stranden.

Undertiden forsvandt den helt og blev borte i nogen tid, indtil den på én gang dukkede op langt i øst som en lille, stille stjerne, der atter nærmede sig. Eller den blussede op tæt inde ved lejet som et helt bål, for på ny at styre løbet ud mod øst.

Og således bliver den ustandselig ved: ensformigt, frem og tilbage, gang efter gang uden at trættes, indtil der pludselig i natten lyder et dumpt brag og et skrig ude fra havet. Da slukkes faklen, og man ser intet.

Men ude over brændingen er det, som om stormen med ét har rejst sig i sin vildeste styrke. Det piber og klaprer som med vingerne af en stor fugl i vånde. Liner sprænges; der trampes på et dæk, og en stor kommandostemme drukner i en forvirret råben af mange munde, i tømmers bryden og bragen og en enlig kvindes høje, skærende angstskrig.

Et øjeblik efter forstummer så alt, som om havet og stormen har opslugt stemmerne, mens kun bragene lyder forstærket ind som dumpe skud af kanoner.

Men efterhånden dukker de op igen, råbene samler sig, blot stærkere, bestandig stærkere, indtil de til sidst på én gang rejser sig i et vildt, sønderrivende skrig, der skærer ind over landet; - kvinden over dem alle: jamrende, hjælpeløst, uden ophør, mens mændene klamres og bides i rigningen, der høres slingre frem og tilbage over brændingen.

Inde under klitten, ud mod havet, sidder de små brede mænd i kreds omkring lygten, der kaster et rødt skær hen over sandet og op i de skæggede ansigter. Rolig ventende sidder de på hug med hænderne omkring knæene og kniber øjnene sammen imod skæret.

Ingen af dem taler. Nogle har trukket hætterne op over øreneog sidder og halvsover. Andre banker nu og da de valne hænder under armene eller puster i fingrene.

Men når de hæse jammerskrig og mændenes ensformige, langttonende hylen derude fra lyder alt for vildt og hjerteskærende ind over vandet, vender en gammel fyr, der sidder yderst i rækken, sig lidt bort fra de andre og mumler noget over en rosenkrans, han har taget frem af sin kofte.

Da er det med ét, som om havet sitrende rejser sig i vælde. Et enkelt, splintrende brag lyder tættere inde under land. Derpå er alt stille; ikke et skrig.

Men i et nu fyldes det sydende vand mellem klitten og brændingen med en forvirring af splintret skibsgods: tømmer, plankestumper, sejl, kister, liner og en mængde store tønder, der alt sammen males rundt imellem hinanden som i en kogende kedel. Noget kastes op på forstranden; andet skylles tilbage med bølgen eller knuses på stedet. En stor mastestump med indfiltret linegods slynges helt hen under klitten, og et kort, frydefuldt råb undslipper en mand, der har klamret sig til den.

Han er frelst.

Men en kniv er straks i siden på ham og vælter ham bagover. Mændene omringer ham, og lygten sættes op for hans ansigt, netop som dette synker tilbage mod sandet i et sidste, mat forundret blik.

"Vin", mumler manden med lygten, idet han fra den skibbrudnes mørke hår og olivenfarvede hud vender hovedet om imod de andre, der nikker samstemmende.

Et par bøjer sig ned og føler hen over hans klæder og besigtiger ringene, der glimter om fingrene og i ørerne. Men en ung fyr stikker ham for en sikkerheds skyld med en lang kniv endnu et dybt, dampende sår i siden, inden de forlader ham og vender sig mod havstokken.

Her er et par andre allerede i travl færd med bådshager og rebslynger for at redde ind fra brændingen. Vintønder, tømmer og splintrede planker trækkes i land, straks bølgen skyller det op. Ligene hages ind og plyndres; kister og kasser brækkes op og undersøges. Og mens morgenen langsomt melder sig derude i den gråkolde tåge over havet, fyldes stranden med et virvar af splintrede trævarer, kobberspande, læderhynder, store kar og nøgne lig, der lægges samlede i en bunke i strandkanten.

Imens kommer kvinderne fra lejet med varmt øl i store trækander, der går rundt mellem mændene. Rystende i morgenkulden, med et grisk glimt i de søvndrukne øjne, står de i klynge oppe på klitranden og ser ned over de opdyngede herligheder:

Blanke, spraglede silketøjer, der vælter ud over kisterne; kasser fulde af frugter; hvide lerkrukker med lugtende vand; smykker, perler og fine, slebne glas, der blinker i det første, matgyldne dagsskær ...

Op ad formiddagen, når intet mere er at redde; når ligene omhyggelig er begravede under klitten og to mænd sendt sydpå med bispens part, trilles tønderne under lystig musik ind i hytterne; de store trækander sættes på bordet, mænd og de smykkede kvinder bænker sig omkring dem; - lemme og luger lukkes, dørene stænges; - og døgn på døgn ligger det lille leje hen i en vild, sanseløs rus med syngen og larmen i lyse dage og i mørke nætter, mens sand og hvide skumflager hvirvler hen over det.

Men alt dette var nu mangen god Herrens dag siden, og denne fattige saga vel halvvejs glemt her i dette store, fattige øde, hvor hav og sand, år efter år, havde slettet ud og jævnet til og begravet hvert minde i sin kolde, døde favn.

På rige, stille sommeraftener, når solen langsomt dalede ned i store, blodrøde skyer og gennemglødede havet, da kunne det vel endnu en og anden gang hænde, at en samvittighedsfuld familiefar, der var på lystrejse her i denne naturskønne egn, betaget af synet lod standse ud for et halvt udskyllet vrag i strandkanten og for sine lyttende børn oprullede billeder af hine tiders blodige optrin og natlige rædsler.

Men han glemte da heller aldrig samtidigt at minde om, hvor langt menneskeheden var nået frem siden da; hvorledes civilisationen også på dette område havde gjort sit dybe, menneskekærlige arbejde.

Og idet han samvittighedsfuldt udviklede dette for dem, pegede han med stolthed på redningsbådens grundmurede hus, der kiggede frem bag klitterne. Eller han viste ud i øst mod den smalle, flade odde, der strakte sig ud i havet, og hvor det høje, slanke fyrtårn rejste sig mod himlen som landets sidste, vældige milepæl.

Også klitterne trindt om var i tidens løb draget ind under civilisationens omsigtsfulde ledelse og omhyggeligt be-

plantede med lange, lige rækker af klittag og marehalms-
duske, for at beskytte mod sandflugten. Og imellem de to
høje rækker, der - hver langs sin kyst - nærmede sig hin-
anden ud mod odden, lå der nu udstrakte, lyngbrune hede-
flader og små, fredelige moser, der dampede i de stille
sommernætter.

Selve det lille leje havde imidlertid så nogenlunde beva-
ret sin ejendommelige slangeform. Men det havde vokset
sig meget, meget større - til en hel lille fiskerby med kirke
og præst, med købmænd og gæstgivergård og mange små
huse, hvis teglhængte tage skinnede dobbelt røde mod det
kridthvide sand.

Og i de stille, lyse sommerdage, når solen smeltede
tjæren af de enkelte gamle træhytter, der endnu var tilba-
ge, og glødede sandet, så det brændte under fodsålen,
kunne den lille by ret brede sig i sin ensomhed ligesom i
gamle dage, - folde sig ud over klitterne med sine sorte
stænger for net og tørrede fisk, med larmende skarer af
barbenede børn og klynger af små, brede fruentimmere,
der sad på hug i sandet og skrællede kartofler.

Langs stranden sad malere i nakken på hinanden under
store gule paraplyer som frøer under paddehatte. En ung,
spids digter - med panamahat og næseklemmer - snuste
om med en notesbog. Og rundt i byen sås flokke af frem-
mede rejsende, der ivrigt besigtigede denne mærkværdige
by og dens interessante naturbefolkning, som så ensomt
levede heroppe under så storartede omgivelser.

En gruppe af damer og herrer stod nede ved stranden
mellem de optrukne både og iagttog med stor nysgerrig-
hed to fiskere, der sad i sandet og redte garn.

En mand med høj, grå hat bag i nakken, støvfrakke og
kikkert på maven trådte ud på gæstgivergårdens trappe og
indsnuste omhyggelig den "højst interessante" saltvands-
luft. Og langt, langt ude under klitterne i øst - midt i den
stegende sol - traskede en hel familie ud imod den hvide,

skinnende odde, hvor en flok fiskere stod og trak vod - for en maler.

Op ad formiddagen blev heden mere og mere trykkende. Ved middagstid lagde der sig over havet og byen en glimtende dis af tung varme, der ligesom slog alt til jorden.

Ikke en vind rørte sig. Hvorhen man så - i luften, på sandet - så stak det i øjnene som med fine nåle. Og den interessante strandluft blev mere og mere en uhyggelig lummer blanding af sø og sol og halvrådne fisk.

Manden med den grå hat og gruppen på stranden havde også for længst trukket sig tilbage til frokosten i gæstgivergården. En tung, slappende døs sænkede sig tættere og tættere over byen.

Rundt om ved husene lå ænder, grise og børn og snorksov med ansigtet ned i det glohede sand. Tunge og søvnige, med bare ben og ophægtede kjoleliv, gik fruentimmere ud og ind gennem dørene, kun engang imellem kastende et vrantent blik hen imod en lille dør i et lillebitte hus, hvor endnu en ung turist med myggeslør om hatten stod og gantedes med et par lattermilde fiskerpiger.

Men dette var snart også den eneste støj over hele byen.

Selv de muntre, barbenede småpiger, som med opløftede kjoler løb og pjaskede langs strandkanten, satte sig til sidst trætte hen i skyggen under de optrukne både, med hænderne tungt i skødet, og så tankefuldt ud på de små, pibende strandterner, der strøg hen over vandfladen og dykkede efter fisk.

Oppe på klitranden sad fiskerne. Nogle havde allerede ladet garnene falde og bøjet hovedet i søvnen. Andre holdt dog tappert ud endnu og kastede af og til et sløvt blik ud over havet - dette store, tomme, mælkeblå hav, der lå dér så blankt, så håbløst øde, at man kunne have troet det dødt, om man ikke hørte dets døsige, slumrende åndedrag mod stranden.

Der ude i nordvest gik en enlig, stor damper med en tyk, sort røg ret ud efter sig.

Det var "Two Brothers", en engelsk fragtdamper, der skulle østen om odden for at komme sydefter over Kattegat til en af østersøhavnene.

Om bord var der stille. Man havde netop foretaget en pejling og følte sig trygge for kysten.

Rundt om i forrummet, hvor der var mest skygge, lå matroserne - et irsk, tysk og svensk skrabsammen - i røde, ternede uldskjorter og sov med næsen i dækket, mens det store, tunge skib roligt dampede hen over det blanke vand, trækkende to lange, smalle bølger efter sig fra boven.

Kaptajnen havde selv vagten.

Han sad inde i et lille, hyggeligt indelukke oppe på kommandobroen, hvorfra han i al magelighed kunne iagttage skibets fart.

Det var en lille, tyk englænder af bøf og porter, uden hals, men med et bredt, rødsprængt ansigt og et stort rødt skæg, der voksede ham højt op på kinderne. Pande havde han egentlig heller ikke. Men den lille, tykke, næsten uformelige hånd, der urokkelig hvilte på hans lår, var som skabt til at slå knurrende matroser i dækket og stikke i synet på vidtløftige jungmænd.

Blikket i hans stirrende, mælkede øjne var uforanderlig ro. Og der rørte sig heller ikke en mine i hans ansigt, således som han dér sad, magelig tilbagelænet efter frokosten, og dampede stærk, sød tobak af en kort træpibe, mens han af og til så ligegyldig ud gennem vinduet på den hvide, solbeskinnede strand, de passerede.

Men han var ikke alene.

Op ad ham, halvt på hans knæ, og med ansigtet vendt imod ham, sad en lille nem skikkelse og flettede med hvide, vævre fingre i hans grove skæg.

En stor sommerhat hang hende ned ad ryggen i et sort fløjlsbånd. En rød, opslået parasol lå på gulvet under hende med skaftet opad og et par handsker indeni.

En lille fiks kjole sluttede snævert om selve det unge, smidige legeme og endte foroven i en lidt for kolossal prinsessepibe omkring den slanke, fine, blå-årede hals.

Undertiden så hun op og smilte, når hun kom til at hoste i den skarpe damp, han ugenert pulsede ned over hende. - De lidt for store, mørkeblå øjne med de lidt for lange og krumme vipper gjorde et næsten barnligt indtryk. - Eller hun lige som stjal sig til at nappe i hans røde, lodne øre, eller kildre ham ganske sagte i siden.

Men ved den mindste utålmodige trækning eller gnavne knurren slap hun med en pudsig forskrækkelse, slog begge sine unge arme omkring ham og kastede sig ind til hans bryst i en indsmigrende mumlen.

Dette var little Mary.

Således kaldte hun sig i alt fald selv herinde i fortrolighed. Thi kaptajn Charles - når han overhovedet nedlod sig til at tale - kaldte hende slet og ret Mary.

Ude mellem folkene - hvor hun i øvrigt kun sjældent viste sig - eller af kokken, der serverede hendes bøf, tiltaltes hun blot med et høfligt "Miss". Og når hun ved middagstid gik sin daglige tur op og ned ad agterdækket - rolig, rank og engelsk kold - med hænderne i lommerne på sin tættilknappede jakke, bøjede både styrmænd og matroser ærbødig af for hende uden så meget som at forsøge sig med en mine eller fornærme hende med et ord, skønt de sikkert nok vidste, hvorledes det forholdt sig med hende.

Kaptajn Charles havde allerede for en tid siden fået hende om bord i Liverpool. Og nu sad han just efter frokosten og var ganske bekymret for, at han virkelig skulle være begyndt at blive noget af en vante.

I sit stille sind havde han nemlig mere end én gang bandet på, at nu måtte det være slut, og svoret at ville sætte hende af i den første engelske havn, de traf på, og sende hende tilbage til de elendighedens huler, hvor hun hørte hjemme.

Men hver gang, det kom til stykket, var der noget i disse store, bønfaldende øjne, der så op på ham, - i den hånd, der lagde sig blødt om hans nakke, og dette unge, kælne legeme, som strøg sig ind på ham, så han ikke for sin død kunne få ordet sagt, men næsten følte sådan noget som et hjerte pikke ham under vesten.

Kaptajn Charles var mand for at fatte det betænkelige i denne historie. De sidste måneders lune sommervinde, rige fragter og heldige farter havde gjort hans sind blødt. Og for første gang i livet gik han i en stadig angst for at gøre en stor og forfærdelig dumhed.

Og der lå nu Mary - ganske stille - med armene slynget fast omkring ham, øjnene store og drømmende ud gennem vinduet på den nære, solbeskinnede strand.

Hendes lokkede hoved hvilte på hans bryst og gyngedes langsomt op og ned med hans svære åndedræt. Hendes egen yppige barm vuggede med i takten, mens små, nervøse trækninger af og til som i drømme gennemfór hendes legeme.

Men da kaptajn Charles' tunge hånd nu lagde sig over hendes hår og begyndte at stryge hen over det, lukkede hun øjnene og rørte sig ikke.

"Little Mary" - mumlede han sagte. Det var første gang.
--

Men som de således sad, hørte de på én gang en underlig tumult på dækket; maskinen standsede, og understyrmanden kom hæsblæsende springende op ad trappen og stammede på gebrokkent engelsk: "Hr. kaptajn - vi - vi står!"

Kaptajn Charles' tunge krop havde i et nu væltet Mary fra sig og var med en dundrende ed ude af døren og med hovedet over rælingen.

Jo - ganske rigtigt! Skibet stod; og under det klare, glasgrønne vand blinkede kiselsten og muslingeskaller frem fra den riflede sandbund, som de ganske blødt var gået ind i.

Kaptajn Charles stod længe og så ned i vandet; hans ansigt var blevet sprængrødt. Men da han havde set hen ad skibets side og forstået, at det ingen skade havde taget, vendte han sig pludselig helt omkring i en befriende skoggerlatter, som Mary efter bedste evne istemte, skønt hun endnu var ganske bleg af befippelse og havde øjnene fulde af tårer.

"Halv kraft! - bak! - halv kraft!" kommanderede kaptajn Charles rolig ned til maskinen og udslyngede samtidigt et frejdigt "all right" ud over dækket, hvor mandskabet fra alle kanter var kommet op og hældte sig over rælingen.

Men da nu maskinen atter begyndte at arbejde, gik han et par hurtige slag op og ned ad kommandobroen, idet han trak stærkt på piben, som for at komme sig helt af forskrækkelsen. Han følte endnu hjertet banke voldsomt i siden og en sviende hede over ansigtet.

Men skibet rørte sig ikke.

"Fuld kraft - bak - fuld kraft!"

Men det rørte sig ikke.

Og alt hvad maskinen end arbejdede og pustede, og røgen end væltede sort op af skorstenen, så lå det der urokkelig fast, dirrede blot så småt under anstrengelserne med en klirrende lyd af jern.

Inde i byen havde man imidlertid i en fart opdaget, hvad der var hændt, og hurtig vækket folk op af middagssøvnen.

Én for én kom fiskere allerede luntende gennem klitterne, med latteren klukkende i maven. Flere og flere fulgte flokkevis efter fra forskellige sider, og allerede på lang afstand kunne man se de brede grin i de solrøde ansigter.

De nærmeste klitter omkring byen befolkedes på et øjeblik med kvinder og børn, der stod med hænderne skyggende over øjnene og så nordpå. Nogle løb ned, andre kom op.

Fra alle kanter - helt ude fra odden - sås folk at færdes i hast over heden, råbende og pegende til hinanden på afstand. Endog de fremmede rejsende - både damer og herrer - havde over hals og hoved forladt gæstgivergårdens frokostbord for at styrte ud imod "strandingsstedet" - den grå hat forud for dem alle, med servietten i forvirringen stukket halvt ned i baglommen - indtil hele selskabet endelig blev optaget af strandingskommissionæren, der rolig kom agende i sin vogn.

Alt var med ét slag kommet på benene. Fra de mindste træhytter til købmændenes store gårde gik man ud og ind i en stille, urolig nervøs bevægelse, der mere og mere tog magten fra dem. I gadedørene flokkedes folk og spurgte og gav forklaring. Købmanden stod i sin dør og gned sig forfrossent i hænderne som en mand med en dårlig fordøjelse, og selv den unge, blege præst sås med en vis spænding at vandre op på klitten bag præstegården og kaste et blik ud imod nord.

Men da det endelig ved bud derude fra uomtvisteligt var godtgjort, at skibet sad fast - virkelig, urokkelig fast - da løsnedes beklemmelsen som i en énstemmig befriende latter fra gadedør til gadedør og helt ud over byen.

Købmanden sprang let som en fjer op på sin skruestol, skubbede den fedtede, skyggeløse kasket bag i nakken og beordrede på forhånd det store brændevinsanker hejst op fra kælderen. Glade ansigter løb over gaden og puttede sig ind til genboer og bekendte; den unge, blege præst gik stille ind og slog efter i sin offerbog; og en kone, der i fjorten dage ikke havde set flæsk i sit hus, gav sig i sin fortumlelse til at rise sit eneste barn, så man næsten måtte vriste det fra hende.

Selv gamle folk og krøblinge, der næppe kunne gå, rokkede op på klitterne, for at godte sig over synet af det store, dampende uhyre, der lå derude og sled og stønnede for at komme los.

Ud for strandingsstedet var forstranden allerede tæt bestrøet med grupper af folk. Og ude omkring skibet - der sad på tredje revle, et godt stykke fra land - lå en mudrende skare af store og små både pakfulde af unge og gamle fiskere, der lo og råbte op til kaptajnen, hver gang denne viste sig på kommandobroen.

Ved sin styrmand havde nemlig kaptajn Charles forbudt enhver som helst at betræde skibet og med ægte engelsk halsstarrighed afslået enhver hjælp.

Derimod var alt mandskabet kaldt på dækket, storbåden sænket, to ankre sejlet langt agter med stærke kæder omkring spilbommen, mens maskinen havde fået ordre til at presse alt, hvad den på tænkelig vis kunne tåle - for ud skulle de.

Selv gik han - lidt bleg, lidt feberrystende, men ellers rolig - op og ned på kommandobroen, ind gennem døren til indelukket og tilbage igen, givende kommandoerne kort og bestemt ud over dækket uden i et blik at korrespondere med bådene. Marys store, tårefyldte øjne fulgte ham frygtsomt inde fra sofaen; hun havde en gang prøvet på at nærme sig ham; han havde barsk skubbet hende fra sig uden et ord.

Men hvor meget maskinen end pustede og pressede til den yderste streg, så hjalp det lige meget; skibet stod urokkelig fast, flyttede sig ikke en tomme; sank blot langsomt og stadig dybere ned i sandet og dirrede - som i indvendig harme - med denne klirrende lyd af jern.

Og for hvert nyt, frugtesløst forsøg lød der en lattersalve nede fra bådene, fulgt ligesom af et ekko inde fra strandbredden.

Imidlertid blev der ved at komme flere både. Helt ude omkring odden og fra et lille leje længere i syd kom de trækkende med dem langs kysten, så det til sidst blev en hel lille tætpakket flåde af små fartøjer, der skubbede og hagede sig frem imellem hinanden og morede sig som ved en folkefest.

Og alt som man efter hvert af skibets mislykkede anstrengelser følte sig tryggere for det, mens samtidig utålmodigheden steg, skrålede man højere og højere op, så snart der viste sig et hoved over skibets ræling: Nu måtte det sgu snart blive til noget! - De kunne lige så godt give sig med det samme! For dette her blev snart noget langtrukkent for én, der havde kælling og rolling og ævleskivepande på hullet derhjemme!

Især havde man naturligvis travlt med at gætte på ladningen. Nogle både snuste bestandig tæt rundt om skibet, og ingen tvivlede på, at det jo nok var en, der kunne skrue bjærgningslønnen tilpas i vejret.

Nogle holdt på bomuld som noget af det mest realistiske. Andre var så skikkelige at ville nøjes med jern eller kul. Men da én i de snusende både mente at kunne lugte kaffe, fandt dette på én gang en næsten enstemmig tilslutning. Og da i det samme en rødskjortet matros, der tog sagen fra den gemytlige side, stak hovedet frem bag en puffert og begyndte at skære grimasser ud til dem, råbte de straks som med én mund op til ham, om det ikke snart blev til noget i retning af kaffe; om han ville sige til madammen, at hun ikke måtte spare på bønnerne, men gøre den stærk, for nu havde de ligget her i to timer og begyndte at blive kede af det.

Men da maskinen i samme øjeblik atter begyndte at arbejde, samtidig med at et glimt af kaptajnen viste sig på kommandobroen, sendte de ikke desto mindre på ny en rystende lattersalve ud over vandet. Ekkoet svarede inde fra stranden; og om det så var solen, så skinnede den i sin dalen så lyst og bredt ned over den hele scene, som om den ville blande sit rolige, overlegne smil ind i den almindelige lystighed.

Strandingskommissionæren stod agter i en noget større båd med seks årer, der holdt sig lidt bag ved de andre.

Han var en høj, svær, skægløs mand med store arme og et roligt, fast blik, hvormed han søgte at se ligegyldig og overlegen på det hele.

Men om hans mund dirrede en nervøs trækning, som han ikke kunne neddæmpe. Og idet han hørte ordet "kaffe" blive nævnt henne mellem de snusende både, gik der et ryk gennem hans store legeme, samtidig med at han måtte knuse et smil.

Toldassistenten - en fed mand med guldbriller og guldtresset kasket, - nærmede sig i en anden båd og hilste.

"Hvad siger De til den, kommissionær!" sagde han og lo inde i et blødt, ildrødt skæg, der formelig luede i solen.

"Hvorledes?"

"Jeg mener - det er den stiveste - hvabehar?"

Strandingskommissionæren gjorde en skulderbevægelse, der kunne udlægges efter behag. Men toldassistenten lo igen og sagde: "Det er nok kaffe - hvabehar?"

"Å, Gud ved," svarede den anden rolig, næsten med præstelig værdighed og bestandig seende ret fremad. "Det er vist bare jern - eller kanske kul. Det er en engelskmand."

"En engelskmand, ja - hi, hi! - en rigtig engelskmand, ja! - Sej og stædig som en engelsk bøf, hvabehar? - Han vil nok selv slippe ud, manden! - hi, hi! - Er De med på den, kommissionær?"

"Det gør han kanske også," henkastede kommissionæren, da den anden endelig var færdig med at le. Men det var, som om den blotte tanke derom fik trækningerne ved munden til at dirre stærkere frem.

"Undskyld, mine herrer! Er det sandt, hvad der andetsteds er mig berettet, at der er telegraferet efter bjærgningsdamper?"

"Hvabehar!" udbrød toldassistenten og vendte sig hastig omkring.

Det var manden med den grå hat, der havde lejet en båd med fire interessante gamle fiskere. Han stod med den udtrukne kikkert under armen og så helt optaget ud.

"Jeg ville gerne vide," gentog han omstændelig, "om det er sandt, hvad der andetsteds er mig berettet, at der er telegraferet efter bjærgningsdamperen, og at den efter sikkert forlydende er i vente?"

"Ja, vi har den vist om et øjeblik," svarede strandingskommissionæren og vendte nu for første gang hovedet, idet han så ud imod nordost.

Dér - drejende sønden fra om odden - sås også snart efter en lille damper, der straks holdt ned imod dem.

Strandingskommissionæren gav i det samme sine folk et vink, og efter med besvær at have arbejdet sig gennem den tætpakkede bådemasse, lagde han sig ind til skibet, hvor han høflig hilste op og på skikkelig engelsk spurgte, om der forlangtes hjælp.

Kaptajn Charles, der var kommet ud på kommandobroen, havde set den lille damper stoppe op og rolig lægge sig for anker et par kabellængder fra dem. Hans ansigt var som helt forandret; det var askegråt og sammenbidt. Hans hænder rystede, og han så ikke ned.

Men da kommissionæren for tredje gang gentog sit spørgsmål, lød der et kort, hæst "nej", hvorpå han atter hilste høfligt og trak sig tilbage gennem de knurrende både.

Imidlertid var han næppe nået hen på sin gamle plads igen, før havfladen krusedes ganske let.

Der var ingen sky på himlen eller kendelig vind at mærke, så man slog det snart hen. Men lidt efter lidt begyndte bådene at vippe og skure mod hinanden. En kold, klam luftning strøg fra vest ind over landet, og langt ude højnede havet sig med utallige hvide prikker, der hurtig nærmede sig og væltede over brændingen.

Solen blev også på én gang så underlig mat og skinnede til sidst som gennem en tåge. Himlen overstregedes af lange, lette skyer, der var så fine, og som kom og svandt så hurtig fra vest til øst, at man næppe kunne fæste øjet på en af dem, før den løste sig op i blåt. Men op fra horisonten i vest skød der sig nu langsomt en stærk lavendelblå farve, der gjorde havet ganske gråt, luften tyk og halvmørk; og inde over havstokken pilte de små strandterner og peb så sygt, idet de trykkede sig tættere sammen under kysten.

Det varede heller ikke længe, før søen blev så høj, at bådene måtte søge til land. Ved fælles hjælp fik man dem hurtig skudt op på stranden, hvorefter man i stilhed lejrede sig imellem dem, hvor der var mest læ.

Thi man følte, at nu måtte det snart blive til noget, enten i den ene eller den anden retning. Og man begyndte halvvejs at blive bange for, at manden skulle være halsstarrig nok til at lade skibet slå i stykker, før han gav sig.

I alt fald så det snart noget betænkeligt ud. Skibet lå midt i brændingen, med bredsiden til søen, der allerede brød stærkt på det. Enkelte skumsprøjt havde allerede kastet sig helt hen over dækket, og man hørte det flere gange brage i skroget.

På en gang blev der så en usædvanlig travlhed om bord. Man hørte folkene løbe frem og tilbage på dækket efter korte, bestemte kommandoer, klirre med kæder og svare gennem stormen.

Det var åbenbart, de ville gøre et sidste, afgørende forsøg. Og så stille var der i dette øjeblik over hele stranden,

at man kunne høre fyrbøderens skovlkast nede i maskin-
rummet, idet skruen begyndte at arbejde agter.

Det gav et ryk i spilbommen; en ankerkæde rusede ud,
og hele skibet gav sig i fuger og forbindinger under de
unaturlige anstrengelser. Maskinen arbejdede tungt og
stønnende, som i en dump fortvivlelse; dampen væltede
stødvis med bunker af store gnister ud under den mørke-
blå himmel. Det så helt uhyggeligt ud.

Enkelte af kvinderne på stranden begyndte at klage sig;
nogle mænd rejste sig op. Og imens dalede solen blodrød
ned i store, opadskydende skymasser, der hurtig gennem-
glødedes og skød sit guld ud over det oprørte hav.

Omsider standsede maskinen. Og efter endnu en lang,
som det syntes, endeløs tøven, i hvilken flere mænd havde
rejst sig, så man endelig gennem det fremvældende mørke
nødflaget langsomt blive hejst. Samtidigt lød der et hæst,
svagt og langtrukkent signal fra dampfløjten.

”Nu græder hun,” sagde nogle.

Men der var ingen lejlighed til vittigheder. En båd med
otte årer blev hurtig skudt ud for strandingskommissionæ-
ren og herredsfogdens fuldmægtig, der skulle henholdsvis
ordne og med lovens segl bekræfte bjærgningsvilkårene.

Blæsten var bestandig blevet stærkere; men den store
båd arbejdede sig dog forholdsvis let og hurtig over de
endnu tungt rullende bølger. De var snart i læ af skibet.

Kaptajnen var ikke på dækket. Styrmanden modtog dem
og bad dem gå ned i kahytten. Her fandt en kort ordveks-
ling sted, efter hvilken de atter tog bort og roede over til
bjærgningsdamperen, hvorfra de så lidt efter kom tilbage
med bjærgningsselskabets agent.

Denne var en lille, mager, tavs mand med et koldt an-
sigt, en lige, sammenlukket mund, uden skæg. Han var i
sort, tæt tilknappet frakke, sort hat, og handske på den
venstre hånd, hvormed han holdt på hatten.

Styrmanden tog atter imod dem og førte dem ned i kahytten.

Her var lampen tændt over et stort, firkantet mahognibord, der næsten fyldte hele det lille rum. Loftet og væggene lå i et tæt, grønligt mørke bag den store blikskærm, der fra sin hvidmalede inderside samlede alt lyset ned over den blanke, polerede bordplade.

På denne lå bunker af kortruller og bestik-instrumenter, der var skubbet hen til den ene side mellem nogle glas og tømte flasker. Den ene halvdel af bordet lå fri; og her - inde i kahyttens inderste hjørne - sad kaptajn Charles.

Han var temmelig sikkert drukken; ligesom også hele rummet lugtede af rom eller cognac.

Med det store, røde skæg i lyset, albuerne på pladen, hænderne på hver sin side af hovedet, sad han og stirrede stift ud for sig. Mary lå gemt et eller andet sted omkring ham; men man hørte kun af og til hendes trøstesløse hulken.

Lige bag hans ryg derimod slog havet uafladeligt ind imod skibssiden med tunge, varslende slag, der drønede så hult og uhyggeligt ind i det lille trange rum, at den unge fuldmægtig, der endnu var så ny i bestillingen, ganske bleg stirrede hen derimod, som om han ventede i næste øjeblik at se havet vælte sig ind over dem.

Oven over på dækket mudrede det i ét væk med tunge støvler, der stimlede sammen lige over deres hoveder. Stemmerne hørtes kun utydeligt og i munden på hinanden som en dyb, uforståelig mumlen, der tilmed helt forstummede, da døren til kahytstrappen lukkede sig bag de indtrædende.

Kaptajn Charles hverken rejste sig eller bød dem sidde ned; men spurgte kort og godt, hvad det kostede.

Agenten bad om at måtte se skibspapirerne. Kaptajn Charles tog dem frem af bordskuffen og skød dem over til agenten, der straks åbnede og læste.

"Ja så, bomuld." sagde han.

Kaptajnen nikkede.

Men gennem strandingskommissionærens svære legeme gik der atter et let ryk, samtidig med at han måtte knuse et smil.

"Fire tusinde pund," sagde agenten derpå og skød papirerne tilbage.

Kaptajn Charles så pludselig op. Det var, som om han på én gang blev ædru og ikke ville tro, hvad han havde hørt.

Men da agenten rolig og ubevægelig gentog det, greb han resolut papirerne, gemte dem uden videre igen i skuffen, idet han kastede sig selv tilbage med et kort afvisende "nej".

Der blev et øjebliks tavshed. Strandingskommissionæren, hvis hverv og bestemmelse det var i alle forhold at stå på kaptajnens side og værge hans interesser, ville lægge sig mæglende imellem. Men da gentog kaptajnen sit svar så bestemt og afgørende, at agenten tog sin hat fra bordet, bukkede stift og forlod kahytten op ad trappen.

Den unge fuldmægtig fulgte skyndsomst, og lidt efter hørtes deres båd at støde fra i læsiden.

Men efter forløbet af næppe en halv time, hvori skibets stilling stadig forværredes, mens matrosernes mumlen blev mere og mere højrøstet, sendtes der imidlertid atter båd efter dem, og de mødte punktlig.

Kaptajn Charles sad endnu på samme plads, blot endnu lidt dybere inde i skyggen. Strandingskommissionæren, der var forblevet på skibet, stod over ham i en overtalende stilling, med hånden berørende hans skulder, idet de kom ind.

"Nu vel," vendte han sig derpå om til dem, "kaptajn Charles indvilliger. Fire tusinde pund altså."

"Seks tusinde," sagde agenten rolig og med en kort henvisning til de forværrede omstændigheder.

Kaptajn Charles ville have faret op. Med et stikkende blik så han på agenten og derfra spørgende hen på strandingskommissionæren.

Men denne gang kunne kommissionæren uheldigvis ikke længere svælge smilet; og da kaptajn Charles så det, holdt han pludselig inde; og idet et ligesom halvt forstenet udtryk bredte sig i hans ansigt, sank han langsomt, med et forstående nik, men uden et ord, tilbage igen i skyggen.

Strandingskommissionæren rømmede sig og trådte atter til. Og da han vidste, at bjærgningsselskabet af princip aldrig slog af på et gjort tilbud, vendte han sig udelukkende til kaptajnen, hvem han med beklagende gestus søgte at gøre indlysende, hvorledes der næppe på grund af skibets stadig vanskeligere stilling var andet at gøre, end at modtage tilbuddet. Det kunne jo dog ikke på nogen måde gå an at lade skibet ligge til morgenen. I så fald ville det nemlig utvivlsomt være vrag forinden, og man måtte da derfor hellere endnu søge at redde, hvad der reddes kunne, ved straks at komme overens med bjærgningsdamperen.

Kaptajn Charles svarede bestandig ikke et ord. Inde fra skyggen gik hans øjne med et sky blik fra den ene til den anden. Munden, hele hans legeme rystede, idet det trak sig dybere ind i krogen, hvor havet manende dundrede ham i ryggen.

"No, no, no," mumlede han endelig, halvt som i vildelse, og ligesom vækket op af støvlemudderet, der atter nærmede sig oppe på dækket. "No, no, no."

Agenten, der hidtil havde stået kold og rolig, med den ene hånd bag på ryggen, den anden inde i brystlommen, hvor han havde de trykte kontrakter, nærmede sig nu også.

Han ville blot til strandingskommissionærens bemærkninger endnu for sit vedkommende tilføje, at dersom de ikke inden en halv time var kommet overens, ville bjærgningsdamperen se sig nødsaget til at lette, da den ikke turde opholde sig her under kysten natten over. Et afslag indtil den tid ville altså efter hans bestemte opfattelse være ensbetydende med såvel skibets som ladningens totale forlis.

Endvidere ville han bede kaptajnen søge overenskomst nu; thi om et kvarter var det muligt, at han - agenten - ikke længere ville kunne modtage en sådan på de nu stillede betingelser.

"No, no, no," mumlede kaptajn Charles bestandig inde fra sin krog, idet han næsten som sindssvag rystede på hovedet.

Pludselig sprang han imidlertid op med et næveslag i bordet og begyndte i et forkludret sprog at remse op en mængde usammenhængende ting, som ingen kunne forstå.

Men da agenten derved tog sin hat og gjorde tegn til at afbryde forhandlingerne, kastede han sig atter ned ved bordet med hænderne for ansigtet i en mellemting af hulken og afmægtig rasen.

"Seks tusinde pund," gentog agenten stille lidt efter; han havde hånden på dørlåsen.

"Fem tusinde!" råbte kaptajnen og så nu op med et nyt næveslag.

"Seks tusinde."

"Nej, nej, nej" - råbte han atter vildt - "det er jo halvt skib og ladning. Fem tusinde! - Fem tusinde!"

"Seks tusinde, - endnu i fem minutter."

"Mine herrer, må jeg -" begyndte strandingskommissionæren; men da kaptajnen hørte hans stemme, standsede han ham og bad om blæk.

Agenten skød kontrakten hen under ham, og han skrev under. Den unge fuldmægtig kom til, gjorde forskellige fiksfakserier med lak og signet og pegede hist og her på steder, som kaptajn Charles så som gennem en tåge, og hvor han skulle skrive sit navn. Og han skrev.

Men da alt dette var ordnet, vendte han sig halvt om mod strandingskommissionæren og spurgte med en lav stemme, hvad han endelig var ham skyldig "for hjælpen".

"Halv procent af bjærgningslønnen, hr. kaptajn!" svarede han høflig og med et buk.

Han skrev også det.

To timer efter dampede "Two Brothers" norden om odden. Styrmanden havde vagten. Kaptajn Charles havde lukket sig inde i sin kahyt sammen med Mary.

Men inde i den lille by skinnede der i denne mørke, stormfulde aften lys ud fra hvert og et af de mange små og store huse, hvor man allerede var begyndt at gøre sig til gode for den halve part af bjærgningslønnen, der var fiskernes lovlige part.

Inde i købmændenes boder og bagstuer var der myldrende tæt med folk, og ikke mindst henne i gæstgivergården, hvor de fremmede rejsende, i henrykkelse over deres sjældne held, havde givet en stor bolle punch, der stod og dampede på det lange bord i bagstuen.

Hele stuen over - helt ud på gangen - stod der så pakfuldt af unge og gamle fiskere, at den ene ikke kunne komme frem for den anden; og over alle hattene i det store, lave, halvmørke rum lå en os og damp, der var så tæt, at man næppe kunne se hinanden på mere end to skridts afstand.

Alligevel havde selv damerne vovet sig herind med deres herrer og sad i en klynge henne ved en dør og morede sig kostelig. Manden med den grå hat, der agerede vært, stod for enden af bordet og øste op i de store ølglas, medens den unge digter - som det sig hør og bør - havde anbragt sig midt inde mellem folket.

Der var et spektakel, så man ikke kunne høre ørenlyd. Alle talte, alle lo; og ude i gangen begyndte nogle utålmodige at "gi'en op" med en sang.

Men da der et øjeblik blev som en lille standsning i larmen, vendte en stor, rødskægget, halvgammel fisker, der hele tiden havde været blandt de mest højttalende, sig om til damerne, og de andre fremmede rejsende og sagde: "Hør, mine herskafter - skal det intet være en lille ende?"

"Jo - en ende!" råbte den unge digter lykkelig og hoppede på sædet med blyantspidsen i munden.

"Ja, ja, ja!" råbte de unge damer henrykte og klappede i deres små hænder.

"En ende! - En ende!" fulgte alle herrerne i kor. Men manden med den grå hat skreg overlydt, idet han rejste sig helt op på en stol: "Det er ret, folkens! - lad os bare få nogle af de rigtig gode gamle ender, så skal det ikke komme til at mangle på drikkevarerne - folkens!"

Bondeidyl

Når høst er vel til ende; når sommerens fugle er draget bort, og sæden ligger godt gemt i stakke og lader, da kan det ofte hænde, at folk, der går omkring og har travlt med at rede sig inde for vinteren og pakke ud for vintervanerne, pludselig overraskes af en lang række festligt skinnende solskinsdage.

Selve solen har vistnok mistet en del af sin varme. Men fra buske, fra træer og fra de våde pløjemarker glimter og glitrer det så overgivent, så leende blankt, som havde de været skælmske nok til at gemme på sommerens stråler for nu smilende at brede dem ud til almindelig forbavselse.

Der kommer en grøde i luften, så bonden hel ængstelig skotter hen til sin nye rug, der skyder i vejret som midt på en forårsdag.

Spirer og spildte korn, der for længst har givet sig vinteren i vold og trykket sig ned under mulde, farer på én gang op i lange strå, sætter vip, og ser sig som i glad forundring omkring fra grøftekanter og stubmarker.

Skovene svulmer i en grønlig fylde, der synes at kunne trodse alt. Og hist og her i bondens haver begynder frugttræerne mod syd at skyde nye knopper og bryde nye blomster.

Ja, om det så er nede mellem smågrøntet, bliver der dér en travlhed og hoppende glæde, så selv de frygtsomme jordbær til sidst får mod og prøver sig frem med små bitte røde bær, der titter så bly og forbavset ud mellem de lunende blade, som om de dog ikke rigtig turde.

Og over hele dette myldrende, nyvakte liv hvælver himlen sig så dyb og blå som ingen sinde før; så rolig og smilende som et letsindigt løfte om evig sommer og en evig, frugtbar høst.

Men da er løvfald altid nær. Og modet tabes hurtigt her til lands.

Efter den første, lidt alvorlige nattefrost er glansen som blæst bort. Engen, der før bredte sig spraglet som i et uovervindeligt overmod, opgiver øjeblikkelig ævred og ser helt bleg og lidende ud. Skoven hænger med næbbet; og det hjælper slet ikke, alt hvad solen herefterdags lokker og smiler: alting falmer, alting sygner hen.

Og så hurtigt går det, at man næppe får tænkt sig om og jaget sommergrillerne af hovedet, før vinteren tungt og langsomt ruller frem i tætte oktobertåger over rust- og ræverøde skove.

Bonden skutter sig, gnider sine hænder og går ind i sin lune stue.

Dette kommer ham just til måde; han har sit på det tørre. Og idet han sætter sig godt til rette i sin store armstol med de bløde hynder ved ovnen i sovekammeret, folder han hænderne over sin tykke mave og gaber langt, som om han straks på stedet ville lægge sit hoved ind i søvnen - i denne lange, trygge vintersøvn, som intet forstyrrer, men som forsødes ved den fornøjelige lyd af husmandens travle plejl på logulvet.

På bløde, varme filtsko pusler konen stille omkring, sysler med vinterhyggen og rydder op efter den forstyrrede sommer. Og med det tiltagende mørke sættes pigerne straks efter middag til spinderok og karte inde i stuen, hvor sønnen ligger lad på slagbænken og får dem til at fnise, når moderen går i køkkenet for at hente nyt brænde til ovnen.

Med hænderne foldede under hovedet strækker han sine lange lemmer og ser dovent gennem de duggede ruder ud på tågen, der lukker sig over byen.

Og idet han ser den rulle - bestandig tættere - ned over de skrånende bakker, i hvis klamme, opblødte jord gårde-

nes karle stavrer om i efterårspløjningen, vender han sig
med en følelse af velvære på bænken og gaber.

Men når lillepigen, der hele tiden har siddet som i halv-
søvne og snøftet over tråden, pludselig rejser sig, sætter
rokken i krogen og går ud for at besørge malkningen,
letter han lidt efter ligeledes på sin krop, stikker fødderne
i trætøflerne, der står under bænken, og følger efter hende.

"Går du?" spurgte moderen; hun sad ved ovnen og pus-
lede med ilden.

"Ja," svarede Olav kort, tog huen fra et søm på dørstol-
pen og ranglede ud med en ligegyldig fløjten.

Inde i stalden kom han lige bag på Ane. Hun havde sat
spandene fra sig og var i færd med at binde sit ene hose-
bånd.

Han ville liste sig hen og gribe hende om livet; men
forinden vendte hun sig hastig om, og da hun så, hvem det
var, lod hun kjolen falde og blev purpurrød.

"Du blev da ikke bange for mig, Ane?" lo han lidt tvun-
gent og blev stående i døren.

"Næ," svarede hun mut, greb resolut den ene af spande-
ne, skrævede over grebningen, stak skørterne ind imellem
knæene og satte sig ved en stor rød ko, der langsomt
vendte hovedet om imod hende, idet hun begyndte at
trække i patterne.

Ane var en lille tyksak på 18 år, som karlene aldrig
kunne lade være i fred, - en husmandstøs nede fra "Åhu-
sene", der altid så så forkuet, forpjusket og snavset ud, at
alle mente at kunne behandle hende, som de helst ville, og
over for hvem egentlig ingen følte samvittighedsnag, hvor
meget hun end værgede sig.

Det var således ikke til at tænke på, at nogen kunne gå
forbi hende uden i det mindste at nappe hende et eller
andet sted, hvor hun var fyldigst; eller at trykke hende ind

til sig og spørge om et eller andet, som hun helst ikke måtte høre om.

Og selv om denne idelige medfart endnu ikke havde haft dybere og varigere følger for hende, så havde den i alt fald sat sit præg i hendes væsen og navnlig i hendes øjne, der bestandig så sig omkring med et på én gang sky og surmulende blik, ængsteligt vogtende på alle de mænds hænder, der kom i nærheden af hende.

Thi selv gamle affældige bønder, der traf hende i en mørk lo eller under stænget, kunne dårlig lade være på en faderlig måde at klappe og glatte over hende og deltagende spørge om, hvordan det gik hende; om hun ikke havde det for strengt, og sligt.

Olav havde derfor også lige siden den dag, hun fæstedes til gården, halvt om halvt betragtet hende som sin lovlige ejendom, skønt han godt vidste, at hun var hemmelig forlovet med en vis Mathias - et sølle skrog af et mandfolk, som benyttedes af bønderne til al slags slæb og trælsomt arbejde nede i de mudrede mosegrøfter.

Det var nu alt sammen ikke, fordi Ane bar på nogen overvældende skønhed; ingenlunde. Hun havde et bredt, tvært ansigt med tykke, mørkerøde kinder og en lille smule næse, som endda sjælden var rigtig ren. Hovedet bar hun gerne indbundet i et gammelt gråternet, uldent tørklæde, der var knyttet under hagen i en uformelig stor knude; og som hun der sad sammenbøjet under koen lignede hun mere en trold end et menneske.

Olav var gået bort fra døren, havde lukket den forsigtig efter sig, sat haspen på og stillet sig hen ved siden af hende. Han stod lænet med ryggen mod koens bagpart og så ned i spanden.

Der var inderlig lunt herinde under det lave loft, mellem rækken af de tretten ophedede køer, der alle som én stod og daskede sig over ryggen med de klistrede haler, - en vane fra sommeren, de endnu ikke havde aflagt.

En varm, vammel os af frisk gødningsvand gennem-
strømmede nu og da det aflange, halvmørke rum og blan-
dede sig med den skarpe, gennemtrængende lugt af gule-
rødder og roeblade.

De var ene i den store længe; alt mandskabet var i plø-
jemarken, og stilheden over gården så dyb, at de begge
kun hørte efter mælkens regelmæssige strip i spanden.

Men ved hver af Olavs mindste bevægelser gik der et
lille frygtsomt sæt gennem Anes legeme - helt ud i hendes
tykke, røde hænder, så koen atter langsomt vendte hove-
det i båsen og så på hende med sine store, forundrede
øjne.

Olav mærkede det og kunne ikke lade være at trække på
smilebåndet.

Men Ane havde også været ganske mærkværdig besyn-
derlig i den sidste tid; på én gang så sky og underlig for-
dægtig, at Olav mente at være kommet under vejr med, at
hun manglede noget på sin forstand.

Forleden havde de således siddet sammen i mørke inde i
stuen. Han havde som sædvanlig plaget hende; hun havde
bestandig på en underlig stille måde rystet på hovedet og
ført hans hånd væk, indtil han til sidst blev ked af det og
flyttede fra hende. Men da der kom lys, så han, at hun
havde grædt. Og da han atter ville gå til hende, løb hun ud
og viste sig ikke senere.

Og som Olav nu stod dér og så ned på hende, kom han
pludselig til at tænke på en anden gang for længere tid
tilbage - den første gang, han havde set hende ... Det var
til en dans, langt ud på natten, da hun var blevet varm og
ør af musikken. De halvdrukne karle formelig sloges om
at få hende om livet og snurre hende på gulvet; men Ane
ligesom mærkede ingen ting, svævede over det alt sam-
men med en forunderlig glans i sine øjne, som Olav, der
stod henne i en krog, bar med sig hjem og ikke havde
glemt siden.

Der kunne ikke være tale om andet; helt ved sine fulde fem var hun i alt fald næppe. --

"Hun er blødmælkend'," sagde Olav endelig med en hentydning til koen.

"Ja"

Og lidt efter: "Er den sorte også blødmælkend', Ane?"

"Ja."

Han så nu ufravendt ned på hende. Lyset fra et lille staldvindue lige for faldt i en bred stribe hen over hans eget smukke, gulkrøllede hår, der i en tyk tot stak frem foran den tilbageskudte hue.

Han stod med begge hænderne i lommen og holdt fødderne med trætøflerne tæt sammen og langt fremme, idet han lænede sig tungt tilbage på koen. I den ene mundvig hang en lille træpibe, som han aldrig tog af munden, heller ikke når han talte.

Han opdagede nu, at hele Anes overkrop rystede. Og da han skulle se nærmere til, trillede tunge tårer ned ad hendes tykke kinder.

"Men - hvad fanden! ..." begyndte han og tog nu endelig piben af munden.

Men i det samme slap hun yveret og kastede hovedet ned på armen. Lidt efter hørte han hende snøfte.

"Jeg tror, Gu' straf mig, du er gået fra snøvsen, Ane. Hvad ska'r dig? Er der nogen, der har gjort dig noget?"

"Du skal la' mig gå - du skal la' mig gå," hulkede hun nede i forklædet. "jeg har aldrig fornærmet nogen af jer. I skal la' mig gå ..."

"Men Herre Gud, lille Ane - jeg har jo da ingen fortræd gjort dig. Der er jo ikke noget at ta'e på veje for. Vi kan jo være li'e go'e venner for det, tænker jeg - kan vi ikke?"

"Du skal bare la'e mig være i fred," hulkede hun heftigere og trykkedes nu helt sammen af gråden.

"Ja, ja, Ane - det si'er jeg jo ikke no'et imod; det - det er jo så rimeligt," stammede han ligesom lidt forlegen og

trak på piben, idet han så op imod det lille vindue. "For
resten var det bare, at jeg ville be' dig om en dans i mor-
gen til mikkelsgildet - det var det hele. Men - se - natur-
ligvis - når du ikke vil, Ane så - så - er der jo ikke no'et at
si'e til den ting, og vi kan jo, som sagt, være li'e go'e
venner for det."

Han lettede på ryggen som for at gå. Men Ane var plud-
selig holdt op at græde og havde også hævet hovedet lidt
op fra forklædet, som hun nu sad og trillede mellem fing-
rene.

Olav havde også næppe sat foden over grebningen, før
han atter vendte sig om imod hende.

"Det er sandt," sagde han og tog en lille hvid papirpak-
ke frem af lommen. "For resten kom jeg da også for at gi'
dig denne hersens lille tingest - det er bare et hovedklæde.
Jeg hørte, du snakkede om'et til Sidse forleden, at du
manglede; og så tænkte jeg - - - Men kanske du ikke vil
ha'e det - og det er jo så rimelig - Mathis er vel mand for
at gi'e nok af det slags, kan jeg forstå - og så er det jo ikke
værd at snakke om - for det er jo li'e meget; men jeg men-
te bare, at dersom --- Vil du ha'e det, Ane?"

Hun havde et enkelt øjeblik set op på ham. Nu lå hendes
hoved atter helt begravet i det ternede forklæde, og man
kunne se på hendes brede ryg, at hun var i et voldsomt
oprør. Men selve gråden hørtes ikke.

Han stod lidt ganske stille ved siden af hende. Så satte
han sig på hug hos hende og lagde sin hånd op på hendes
nærmeste skulder.

"Skal vi være go'e venner, Ane?" spurgte han sagte.
Hun svarede ikke. Kun gråden vældede nu stærkere frem -
ligesom dybt nede fra.

Men i det samme så Olav sig forskrækket om.

Der lød træskotrin ude i gården.

I en fart gav han hende et kys et sted midt i ansigtet og
var ude af stalden.

Det var faderen, der var kommet op af middagssøvnen, og som var blevet stående oppe på det øverste trin af stuehusets temmelig høje stentrappe i en tankefuld stilling med en sølvbeslået merskumspibe i hånden.

Rige Mads Monsen var en anselig mand på et par solide ben og med en stor vom, der dog ikke generede ham i gangen. I hans store, kødfulde, glatbarberede ansigt svømmede et par små, brune øjne, der næsten altid var i bevægelse. Selve ansigtet derimod var temmelig stillestående; og om hans røde, svulmende mund, der altid var ligesom fugtet af fedt, bredte der sig et udtryk af roligt velvære. Op over den lave pande buskede der sig et tæt, gråt, småkrøllet hår, der voksede ham langt ned i nakken og langt frem over ørenei to små buttede bakkenbarter.

Han var i uldskjorteærmer og plys vest, der - trods hans omfang - dog var alt for rummelig. På fødderne havde han træsko med læderkapper; men hovedet var bart; thi han holdt endnu hatten i hånden.

Da han opdagede Olav, blev han revet ud af sine tanker, og satte hatten på.

”Å, hør - Olav!”

”Ja.”

”Å, spring ner i kælderen, Olav, og ta’ ...” han standsede, kløede sig en lille stund betænksom med pibespidsen i sin tyrenakke og fortsatte så: ”Å, ta’ kun en halv side af orneflæsket - og så det lille brændevinsanker, du ved - det ligger henne i krogen mellem skalotterne. Du kan også ta’ en halv sæk katøfler - men af de rø’e, forstår du - og så ka’ du jo la’ Lillelavs trille det hen til kroen i sku’karret.”

”Lillelavs?”

”Ja, han er ude i kulerne ... Og hør! gå så selv bag etter, Olav, og sig til Jesper, at han skal ingen ulejlighed gøre sig med det øl, han talte om. Per Andersens brygger, hvad der behøves, kan du sige. Men ekstraksen må han svare til etter prisen. Og - det er sandt! - dersom han skulle mangle småpilleri til salen med flag og det - så kan han bare sende bud ind i skolen etter et par af Maren Ans mange tøser - han kan jo sige, det er fra mig - husk det!"

"Vel," svarede Olav og daskede over gården, idet han atter istemte sin ligegyldige fløjten; men han vendte sig dog en gang på vejen for at se, om faderen så efter ham.

Mads Monsen stod imidlertid ganske rolig og lod sine øjne løbe mønstrende langs med rygningen på de tre store udlænger, ned over stråtagene og rundt i gården, hvorpå han nikkede tilfreds.

Der manglede intet; alt var i orden; gårdspladsen fejet og luget ren og pæn uden et halmstrå. Kun henne i krogen ved kostalden - men sådan var det selv i proprietærgårdene - lå en dynge gulerodstoppe, og ud fra en dør lige ved siden af denne kom just nu "Lillelavs": en dreng på 12-13 år med en sammensunket figur, en lille skyggeløs kasket ned over de store ører, blåfrosne kinder, og fingre, der strittede stive og sorte af at have rodet i den kolde jord.

Han kom ud med en stor kost, som han satte op ad muren ved gulerodsbunken, hvorpå han i lange, afmålte skridt, med hovedet mellem skuldrene og stive, svingende arme - ligesom en hel forstandig gammel arbejder - gik ned over gården.

Men da han i et par skridts afstand hørte kosten falde, gik han rolig og i samme tempo tilbage og rejste den op.

"Det er ret, lille Lavs! Sådan skal det være!" nikkede Mads Monsen opmuntrende; og Lavs rejste hovedet, som om han nu først opdagede ham.

Derpå gik Mads Monsen ned ad trappen og stillede sig ud i sin port, hvor han længe stod på sin tankefulde måde og så ud i den stedse vedvarende tåge.

Den lå så tæt over byen, at man næppe kunne se tværs over gaden, og var blandet med en ganske fin ruskregn, der uophørlig dryssede ned og gennemblødte alt.

Det var en forfærdelig søle. Og da alle, der på nogen måde kunne, holdt sig hjemme, var gaden også ganske tom - når man da ikke ville regne en række rolige, fede ænder, der kom nede fra gadekæret, og som med synlig velbehag vraltede midt igennem den jævne, grå, tommetykke vælling, der lå over kørebanens makadamisering.

En flok høns, der trykkede sig sammen under en afbladet hyldebusk, strakte hals og kiggede opmærksomt ud efter dem med det ene øje. På de nøgne, grønlige trægrene ovenover sad spurvene med hovedet nede i brystet og rørte sig ikke. En kat mjavede oppe fra en åben lem i logavlen. Det var det hele.

Nu og da løftede tågen sig dog så vidt, at man kunne skimte den nærmeste af de oppløjede bakkeskråninger bag byen, i hvis klæge jord en duknakket husmand gik og stred med en lille kat af en hest, der lagde sig frem i selen og strittede med sine gamle krumme ben til mandens ensformige, uafladelige opmuntringsråb.

Men i næste øjeblik sænkede tågen sig blot endnu tættere over byen og lukkede fuldstændig omkring den.

Der var en, der hostede inde i tågen til højre.

Lidt efter drog der ud af den en lang, tavs række af seks til syv fattigkoner, den ene bag den anden, der - bøjede halvt til jorden af tunge skovknipper - møjsommelig arbejdede sig frem med en sjappende lyd af pludderet, der stænkede dem højt op under klæderne.

"Gu' hjælp!" råbte Mads Monsen, der altid var venlig over for småfolk. Og rækken svarede med et mumlende "tak" fra hver især, efterhånden som de kom forbi.

Men netop som den sidste kom ud for porten, lod hun pludselig sin byrde glide ned ad ryggen, idet hun med en skærende grimasse trykkede en knoklet hånd med tykke årer ind mod siden; og mens de andre ufortrødent fortsatte deres tavse vandring ind i tågen, sank hun tungt og forpustet ned på knippet i en klagende stønnen.

Det var en midaldrende kone med et lille rundt hoved og
et indfaldent ansigt, hvorover sved og tåge drev ned. Pjal-
terne om hendes skindmagre legeme var som helt gen-
nemtrukne med vand; og oven over de store opblødte
tøjstøvler, der var snøret til foden med sejlgarn, så man -
således som hun nu sad - det nederste af de nøgne lægge
med opsvulmede åreknuder.

"Hvad fanden! er det dig, Maren Ans?" udbrød Mads
Monsen med værdig forbavselse og slap pibespidsen af
munden.

Konen nikkede blot; hun havde endnu ikke vejr til at
tale.

"Kommer du fra skovs?"

"Ja."

"Fra Vesterskoven?"

"Nej - fra Kratterne."

"Herre Gud, Maren! - er du nu kommet på de veje? Jeg
havde dog tænkt, I havde rettet jer lidt på det sidste," sag-
de Mads Monsen, der havde ord for at vise faderlig inter-
esse for alle byens småfolk, og rystede på hovedet. "Men
det hjælper alt sammen ikke noget, hvad vi gør, slet ikke
noget; det går stændig i dej for jer alt sammen." Jeg synes
dog, I måtte kunne klare jer anderledes - hva'? - når I
rigtig passede på - hva'?"

"Å, Gu' hjælp os!" sukkede konen ynkelig og blev ved
at tørre sig med en flig af inderskørtet over sit lille lever-
brune ansigt.

"Nu ja, ja - jeg si'er jo ikke andet end ... Men - men,"
udbrød han pludselig, idet han nøje så op og ned ad hen-
de. "Jeg tror - Gu' straffe mig! - du er på glid igen, Ma-
ren?"

Konen holdt nu op med at tørre sig, snød derimod næ-
sen og lagde derpå hovedet stille i hånden uden at svare.

Han stod lidt og så på hende.

"Det er nok den ellevte, Maren?"

”Det er den ellevte, ja.”

”Men Herre død og pine! - vil det da aldrig slutte med jer to? Hvad skal det bli' til?”

”Nej, det vil 'et vist itte,” mumlede hun som for sig selv, idet hun så ud til siden.

”Snikke snak, Maren! Det - det er jo en ren - ren abnormitet,” sagde Mads Monsen og så ud, som om han var glad ved at være sluppet vel over ordet. ”Der er jo dog rimelighed i alt.”

”Ja, Gud ved, hvad der er - Mads Mon'?” svarede hun langsomt og med eftertryk og så nu om til den anden side. ”Jeg tykkes immeran det går såen, at de, som har no'et og gi' de' bøen, de får itte no'en; men stodderen ka' itte hænge bøvserne over sengestokken, førend hun er fær'ig.”

Mads Monsen måtte tage piben af munden og le; han kunne ikke lade være.

Men da så hun pludselig lige op på ham og sagde i en hel anden toneart: ”Ja, du har let ve'et, du Mads! Men havde du la't mig i fred - dengang, så va' jeg kaske itte som nu, og så havde kaske både et og andet væt annerledes - det ska' du vide - du Mads!...”

”Nå, nå, nå,” tyssede bonden; han var blevet rød og så sig forsigtig om for at opdage, om nogen skulle have hørt det.

Lidt efter rejste Maren sig. Hun trykkede hånden ind i siden, som om hun var blevet stiv af at sidde. Men da hun havde lagt sig ned langs grøfteskråningen og trukket knippet til sig i rebene, kunne hun ikke komme på benene med det.

”Jeg skal hjælpe dig,” sagde Mads Monsen. Og stolende på den tætte tåge skrævede han hurtig over gaden og hjalp hende.

Men da hun nu var kommet på ret køl igen, gik han et skridt tilbage, rettede sig, satte hånden i siden og sagde: ”Hør, Maren! - du taber alt for let modet, gør du. Du skal ikke være bange for det, I skal ikke komme til at lide nød, når I ikke selv vil. Og se, når der nu skal køres etter jo'remor, så kom I kun her, så skal vi nok være der ... Ans kan jo f.eks. gøre et par pløjedage for det, eller tre. Det skal nok gå i gænge."

"Tak, tak, Mads Mon'," sagde Maren pludselig rørt og ville tage hans hænder.

"Nå, gå nu med Gud, Maren; så kommer vi nok over det."

"Tak, tak, Mads Mon'."

"Og så kommer I jo i morgen til mikkelsgildet, Maren. Kom bare med alle rollingerne. I skal ikke komme til at lide nød."

"Å, nej - tak, tak."

Han så efter hende, idet hun forsvandt i tågen. Hun måtte endnu engang standse på vejen for at puste; men nåede dog omsider hjem til sin hytte blandt "Åhusene". -

De lå dernede i en kummerlig, lergrå række, omgivet af det store, sumpede mosekær, hvori åen tabte sig.

Selve gårdene derimod - ti, tolv stykker - lå højere oppe, hyggeligt i læ af de store, pløjede bakker, der strakte sig op imod skoven.

I lange, umindelige tider havde de ligget således, - gemt hen i en idyllisk ensomhed, borte fra alfar vej, med dyb, lykkelig fred, i hvilken dagene var gledet over i hinanden i rolig ensformighed.

Nu og da i tidens løb var rigtignok en gård flyttet ud, en ny længe rejst. Og alt som værdierne steg, og jorderne forbedredes, blev stuehusene bygget op i røde sten med skifertag og små kabinetter, hvor døtrene kunne spille på fortepiano. Men det var alt sammen sket så jævnt og lidt efter lidt, at ingen mærkede overgangen; og dog var det - når alt kom til alt - en hel anden by end den lille fattige og forpinte, der trykkede sig sammen over brøndene i hine tider, da bonden selv gik og svedte i den halsstarrige jord, mens datteren ludede bagefter på nøgne ophovnede fødder.

Åhusene derimod havde ikke forandret sig. Deres værdier var ikke steget. De lå dér i den samme lergrå, kummerlige række og støttede sig i deres affældighed til hinanden med et skur hist, en gavlvæg her, som om de lagde panderne mod hinanden for at grunde over deres skæbne.

Rundt omkring dem lå denne fattigmands evige sværm af små, svampede børn, der klækkedes ud inde i de store, brede halmsenge. Og mens oppe i gårdene slægt efter slægt bestandig voksede sig større og rankere, trivedes der frem her fra hytterne en stadig mindre og forkrøblet skabning med lange arme og store, tomme hoveder nede mellem uformelige skuldre - en lavstammet, udmarvet slægt, der kuld på kuld, fra barn til graven, spredte sig omkring for at lægge sine "værdier" rundt i bondens marker og moser, som de forbedrede.

Det kunne vel mellem stunder hænde - især mod vinteren, når tågen trykkede sig ned over byen; når lemmerne værkede af den lange, slidfulde sommer, mens bonden hyggede sig inde i sine lune, hyggelige gårde og mellem de tæt fyldte lader - at en og anden, der våd og foraset slæbte sig hjem i mørkningen til sin nøgne stue, pludselig standsede med hånden over sit store tomme hoved som for at spørge, hvor vel egentlig disse deres værdier blev af? Om de nogen sinde kom igen? Og hvem der hævede renterne? ... Og der kunne komme som et tryk inde i brystet; noget ubestemt noget, der bankede og pressede på og ville frem.

Men det kom ikke frem; det kom aldrig frem. Det stod der et kort minut og døde så stille bort i fornyet slæb, - ligesom åen, der sivede ud i det store, sumpede mosekær.

Og på den tid var det så også, at bønderne bød ind til det store, årlige "mikkelsgilde" på kroen.

Bordene var dækkede inde i de tre tilrøgede gæstestuer, der lå foran dansesalen.

I lange rækker stod de opstillede langs med væggene og midt på gulvet for så mange folk, som der kunne rummes.

Der var pakfuldt i hver en krog. Thi til mikkelsgildet måtte ingen være borte; alle skulle med, og rundt om de vel besatte borde sad Åhusenes pyntede befolkning i tætte rækker, så de næppe kunne røre sig, medens selve salen, der var livet op med flag og efterårets sidste grønne, foreløbig tjente til opholdssted for folk, der enten havde spist eller ventede på at spise.

Men til trods for den sammenstuvede menneskemængde var der næsten stille i stuerne.

Man bare spiste. Og store fade af varm suppe, kalvekød, stuvede roer og kartofler forsvandt som lydløst ned i rækkerne, medens en os af mad og øl bredte sig ud over stuerne og ind i salen, hvor den i forventningsfuld spænding indsnustes af dem, der endnu ikke havde spist.

I gamle dage havde gildet altid været holdt på selve den hellige Mikkels aften. Men med de nye tiders udviklede roedrift havde man gerne opsat det, indtil disse var af marken, og samtidig havde man forlagt det hjemme fra gårdene, hvor det altid forhen holdtes, her til kroen, for at slippe for det besvær og ustyr, som især konerne ikke længere kunne finde sig i.

Men på denne måde gik det også meget fornøjeligt; hver gård sendte så sin del af maden, og der var nok af den. Det ene store fad efter det andet blev båret ind fra køkkenet, og bønderne gik selv rundt for at se efter, at der ikke manglede noget.

”Spis, folk! - spis bare væk! her er nok af varerne! ... La’ mig se, I ta’er til jer ved dette bord! - Guds død! er der ingen kartofler her, - Jesper! - skal de stakkels mennesker sidde her og krepere af sult? ... Nå, du Lillelavs, får du noget i skrutten? ... Hæng i! - hæng bare i!"

Uden at tage egentlig del i opvartningen, gik bøndernes koner omkring og gav ordre til pigerne, der bar ind; pegede på de borde, hvor der manglede, og så af og til ud i køkkenet, - alt på denne stille, indesluttede måde, de alle havde lagt sig til.

Henne ved den yderste dør stod døtrene - smukke, friske piger - i en nysgerrig, sammenslynget klynge og kiggede ind gennem stuerne til dansesalonen, der mere og mere fyldtes.

Midt i måltidet indtrådte i et højtideligt optog skolelæreren med frue og en voksen datter.

Som gildets fornemste gæster modtoges de straks ved døren af Mads Monsen, der var som en slags overvært; konerne kom i bevægelse, og et par af de spisende så også op. Men skolelæreren åbnede sine foldede hænder, ligesom i stille henrykkelse, idet han skuede ud over bordene, og vendte sig derpå med en håndbevægelse om imod sin ægtehalvdel - en trivelig dame i brusende silkekjole, der med en vis tilfredsstillelse kaldte bøndernes koner "madammer".

I forrige tider havde ellers altid præsten været festens højeste værdighed. Men dels lå præstegården langt borte i annekssognet; dels - og i særdeleshed - var den nuværende ihændehaver af embedet en mand, som selv skolelæreren trak på skulderen af med et smil; en mand, hvis lærdomme det næppe var værd at lade komme i alt for nær berøring med arbejderne, og som skolelæreren rent ud med et for bønderne noget dunkelt udtryk kaldte en "radikaler".

Men skolelærer Pedersen var for den sags skyld ikke den mand, der behøvede at gå til side, når det gjaldt om på en værdig måde at repræsentere gejstligheden.

Han var en høj, statelig skikkelse, der dog syntes at holde sin lille mave unødvendig fremskudt. Han havde ualmindelig blanke støvler og et pletfri hvidt halstørklæde, der sad så stramt under den glatbarberede hage, at han ikke kunne vende hovedet, uden at hele personen fulgte med.

Det sølvgrå hår var strøget glat tilbage fra panden; øjnene brændte stille under de buskede bryn, og munden smilte som en ærkebiskop. De hvide hænder holdt han urokkelig foldede over brystet og bevægede dem kun ved nu og da, idet han venlig nikkede rundt, langsomt at skille og samle dem.

Og idet han nu på denne måde gik frem igennem stuerne, uddelende ligesom små velsignelser rundt om sig, veg folkene ærbødig til side for ham med en stilhed, som hans svulmende ægtemage, der trofast fulgte ham i hælene, nød ved sig selv.

For resten var livligheden, efterhånden som de fleste fik spist, begyndt at komme ganske godt op; og det var en fornøjelse at se på disse mætte, glade mennesker, der formelig stod og pustede af velvære, og fra hvis ansigter alt mismod var som blæst bort. Selv Maren Ans sad ganske forspist henne mellem sine rollinger og følte sig som i et paradis.

De små, stive, sammensunkne husmænd, som tog sig så besynderlig fremmede ud i deres gammeldags, langskødede vadmelsfrakker og vide bukser, der posede ud over fødderne, som om de i tidernes løb var blevet for store til dem, gik omkring med et overstadigt mod og slog gemytlig hinanden djærve slag på skulderen. Nogle af dem, der havde fået fat i cigarer, stillede sig udenfor på vejen, hvor de med hånden flot i siden og cigaren mellem to fingre så medlidende ud på de køretøjer, der tilfældigvis kom forbi.

Og når de på denne måde havde luftet sig lidt, gik de atter ind til de stadig lige vel besatte borde og begyndte forfra.

Efterhånden syntes man dog alligevel at være blevet tilfredsstillet; der blev tommere om bordene, mens samtidig trængslen forstærkedes inde i salen og ude i gangene, hvor man snakkede og lo og mudrede i munden på hinanden, og hvor Mads Monsen gik omkring og var gemytlig med cigarer, som han tog op af en frøpose og uden videre stak i gabet på dem, der ingen havde.

"Hva' fanden - Per Lavsen! - står du dér og har ikke noget og sutte på? - Op med ånden, folk! la' vos bare være glade. - Og du Morten, dér! har du fået noget i muleposen? jeg synes, du ser så sulten ud."

Henne for sig selv, midt på en væg, og uden at tage del i lystighed stod en meget lille og aldrende fyr med hovedet lidt på hæld og så ud i luften med store, matte, halvblinde øjne.

Hans langskødede vadmelsfrakke, der så endnu et halvt hundrede år ældre ud end nogen andens, sad helt op over nakken med en stor strop, havde ganske snævre ærmer, solide tinknapper, og var hvid i syningen. Bukserne hang som en sæk omkring hans ubetydelige ben; men til trods for alderen var håret endnu hel brunt og kun falmet neden for den rand, hvorefter kasketten havde siddet.

"Nå, er I dér, Jens Mathiesen! I var nok ude med kæresten i går - hva'? ... Jeg siger, I var ude i pløjemarken med Lotte, ikke sandt?" - sagde Mads Monsen og lagde opmuntrende sin hånd på den gamles skulder.

Manden ligesom vågnede; skyggede op for øjnene med sin ene store, malmbrune hånd, så urolig og uforstående på ham og mimrede med munden.

En ældre, tarvelig, men net klædt kone med blanke brune øjne kom ud fra en klynge kvinder tæt ved og lagde sin hånd på hans frakkeærme.

"Han si'er, Jens, at du var i pløjemarken i går."

"Ja - ja," svarede han nu endelig med en hæs, næppe forståelig stemme, "det - det gik kun trøgt, Mads Mon'; det gik kun trøgt."

"Ja, ja; Lotte bli'er jo osse snart no'et tynd i'et, Jens Mathiesen; snart no'et tynd i'et."

"Han si'er, at Lotte bli'er snart no'et tynd i'et," gentog atter konen, idet hun så ham op i ansigtet; hun var endnu en smule mindre end han.

"Ak ja - ja; det må I nok si'e," svarede han så igen og rystede på sit gamle hoved. "Det går ner a' bakke med vos, Mads Mon'; ... nu vil hun ikke længer skyde skidtet fra sig, stakkels skrog; og man har jo itte no'et at gjøre hende til gode med, Mads Mon'."

"Nå ja, hun er jo kun lille og trænger ikke meget; og I gi'er hende dog vel lidt kærne nu til dags?"

"Tre nævefulder, Mads Mon'! Tre nævefulder; - og for resten af pisken," føjede han til med et suk og så ud til siden.

"Ja; hun bli'r jo osse snart gammel, Jens; og så kan man jo ikke vente stort andet."

"Han si'er, at Lotte bli'er osse snart gammel," gentog konen på ny, da han atter spørgende så frem og tilbage imellem dem. Men da han endda ikke syntes at fatte det, tog hun selv ordet.

"Ja, å ja - vi bli'er snart alle gamle og aflægs, Mads Mon'. Og det går jo ikke altid, som det helst skulle," sagde hun på sin ejendommelig stille, lidt tunge måde, idet hun så ned på en snip af sit forklæde, som hun holdt i hånden. "Man må jo ikke klage, nej; for Vorherre passer jo på os alle sammen både store og små; og – og selv om han nu ikke netop har øst op for én med den store slev, så - så ...; men alligevel - det falder jo lidt hårdt, når man bli'er gammel, og alting falder fra, og - og alderdommen kommer og man ikke ved, hvor det skal gå, så - så ..."

"Nå, nå - mo'er Mette! - I har jo Mathis."

"Mathis," gentog hun, kun halvt højt, og så uvis op på ham fra forklædesnippen. "Ja, Gu' véd."

"Hva'? - er der nu noget i vejen med ham?".

"Jeg ved ikke; men det er der kanske nok," sagde hun tankefuld og bortviskede med forklædesnippen en tåre, der havde listet sig over den røde, fugtige øjenrand. - "Jeg tykkes, han er bleven så underlig. Og han var dog så flink, var Mathis ... og så – så dette brændevin, Mads Mon'," der kom på én gang en sådan angst i hendes stemme. - "Og skulle der støde ham no'et til, så - så har vi jo kun ham, - for vor fa'er dér gør'et ikke længe - han gør'et ikke længe."

"Nå, nå - la' vos ikke tabe modet, Mette. Gå nu ind og vær muntre; så klarer det sig nok i enden!" sagde Mads Monsen. Og med dette sit yndlingsudtryk klappede han dem nok engang på skulderen og førte dem ind i stuerne.

Imidlertid var dansen begyndt inde i salen og havde trukket alle til sig. Der var tændt lys i en krone under loftet og i lampetter på væggene mellem det grønne; og selve salen var stor og rummelig med ventiler i hjørnerne.

Henne i døren stod gårdenes unge døtre i den selvsamme slyngede klynge og så nysgerrig over skuldrene på den mur af brede rygge, der dannede en ring om de dansende. Selve dansen var ikke for dem; men fødderne gik dog så småt under kjolen til den lystige musik af horn og violiner, der var anbragt på en tribune i den ene ende. Sønnerne derimod gav den som kavalererne på gulvet med deres stadselige skikkelser og gjorde erobringer mellem pigerne og de unge husmandskoner.

Især var Ane i vælten. Men alle syntes også at lægge mærke til, hvor usædvanlig godt hun så ud i aften; hun skinnede så ren og blank og buttet og havde fået sig et gult silketørklæde, der hang med en snip ned på ryggen og klædte hende fortræffeligt.

Alle ville have fat i hende og svinge hende på gulvet. Men det var dog kun, hver gang Olav lagde sin arm om hende og førte hende rundt i denne sagte, stive vals på stedet, som var i moden, - det var dog kun da, at hendes øjne fik denne underlig stille glans, som Olav havde set før, medens hun syntes som at svæve i en salig drøm bort - bort over det alt sammen.

Midt på den lange bænk, der løb langs med væggen, klemt inde mellem den tætte række, som så på dansen, sad en skikkelse, der uafladelig fulgte hende med øjnene.

Det var ikke nemt at bestemme hans alder; men han så så sølle og forslæbt ud, at man uvilkårlig måtte ynkes. Selve hans krop var kun lidt udviklet, men på knæene lå to vældige, violette hænder, der syntes at måtte tilhøre et helt andet legeme. Hans øjne var store og stillestående; og denne den begyndende drukkenskabs kuldeblå farve lå over ansigtet.

Det var Mathias.

Han slap hende ikke et sekund af syne, fulgte hende fra arm til arm uden at røre sig; kun når hans øje faldt på det gule silketørklæde, gjorde hans ene hånd en uvilkårlig bevægelse hen imod baglommen, hvor der i en lille grå pakke lå et storblomstret uldtørklæde, som han samme dag havde købt af en hosekræmmer.

På bænken lige overfor sad moderen og så bekymret på ham. I hendes skød lå faderens hånd, som hun holdt over; medens Jens Mathiesen selv ligesom vejrede med sine halvblinde øjne op mod lyset og smilte til musikken, der bruste gennem salen.

Imidlertid var der sat puncheborde frem i krogene, og efterhånden som bollerne tømtes, steg lystigheden. Folk, der hele tiden havde stået forlegne og snoet på fingrene, gik pludselig over gulvet og rev den første den bedste med sig ind i dansen; gamle mænd, der kom ind fra "sjavsen" i bagstuerne, kastede frakkerne, greb den nærmeste kælling og brasede af sted med hende uden at agte på hendes modstand. Selv en af gårdenes unge døtre, der uforsigtig havde vovet sig for langt frem, blev i samme nu grebet og ført med; og da begyndelsen dermed var gjort, varede det næppe et øjeblik, før alle de otte smukke piger leende og røde sås midt inde i hvirvlen. Det var en eneste runddans.

Skolelærer Pedersen stod bestandig ved siden af sin frue, med de hvide hænder fast foldede foran brystet som i stille henrykkelse over det skue, der bredte sig for hans øjne. Men da han nu så selve Mads Monsen i den lystigste galopade med tykke Maren Ans, kunne han ikke bære det længere. Han måtte holde en tale.

Dette var nu i øvrigt ingenlunde noget nyt. Og han havde heller ikke så snart slået på sit glas, før musikken forstummede, mens folk i andægtig tavshed samlede sig omkring ham.

Heller ikke selve talen var nogen absolut nyhed. Og når ikke alle for længst kunne den udenad, var det, fordi disse mange store, tomme hoveder i tidens løb mere og mere havde mistet evnen til at holde på noget.

Dog var der navnlig et sted i den, som altid temmelig længe bevaredes i hukommelsen, og som - i den stemning, hvori man befandt sig - heller ikke i aften undlod at gøre et dybt indtryk.

Det var, når han efter at have dvælet ved den fryd, det havde været for ham at skue ud over denne forsamling; at blive vidne til dette lykkelige liv mellem disse "stille bakker", hvor "rig ved fattig, høj ved lav" i fælles glæde samledes for som i broder- og søsterlig forening at takke den højeste, - det var, når han efter dette pludselig sænkede stemmen, rynkede brynene og med en mystisk bevæget røst, der greb dem alle, talte om disse tidens nye oprivende og fordærvelige røster, der "brølede" rundt om "efter rov", men som dog - Gud ske lov! - endnu ikke havde nået ned mellem disse lykkelige bakker; det var, når han til sidst med himmelvendte øjne bad til Gud, at han bestandig ville bevare denne fredelige plet for "misundelsens og tvedragtens dæmon", så at man endnu i mange år glade måtte kunne samles således - "til hans ære og til alles velsignelse."

Således talte han.

Men i aften syntes det, som om han havde noget særligt på hjerte. Thi da dette var forbi, standsede han lidt, strøg sig med lommetørklædet over panden, rømmede sig højtideligt, trådte endelig et skridt frem og så sig om med ærkebispesmilet.

"Jeg har - har hørt, at man - at visse folk - holder af at betegne dette sted som en af de "døde pletter" ... Kære venner!" sagde han og gjorde nu en langsom håndbevægelse ud over hele forsamlingen. "Dersom dette er død, da Gud fri os fra liv! Men er det liv, da Gud fri os fra død!"

Det var i denne slags formfulde vendinger, at skolelærer Pedersen havde sin ubestridelige styrke; og virkningen udeblev heller ikke. Der blev ganske tyst i salen. Nogle så angergivne mod jorden; andre så op og nikkede hemmelig til hinanden, mens man atter stille spredte sig i salen.

Men bønderne trykkede hjertelig skolelærerens hånd, hvorefter de forsvandt sammen ind til et veldækket aftensbord i kromandens private værelser.

Alligevel - da de første toner lød oppe fra tribunen, skyllede folk blot hurtig et glas punch i sig og tog så ufortrøden fat på lystigheden igen.

Men da dansen atter begyndte, var Ane og Olav som sporløst forsvundne; og heller ikke Mathias sad længere på sin gamle plads inde i rækken, hvorimod moderen stod henne ved bænken og spejdede ivrig og ængstelig efter ham i vrimlen ...

Han gik inde i stuerne, i bagkamrene, i alle smugene - stille, søgende, lidt svinglende af drik, med rystende hænder - listede sig helt op på loftet, ledte i alle mørke kroge, i alle gangene - men forgæves.

Han havde sidst set hende i Olavs arm, i en vals. Hun havde set så ør og overgiven ud; han havde smilet ned til hende ...

Ingen steder - ingen steder ... Han søgte helt ned i kælderen, omme bag tønderne, i sandkisten - ikke en lyd, ikke en bevægelse.

Endelig da han kom ud på stentrappen mod gården, sprang en skikkelse op imod ham og standsede med et skrig. Lyset inde fra faldt lige ud på hende. Det var Ane.

"Er det dig?" for det ud af hende.

"Ja, det er mig, Ane." Han så med ét så hjælpeløst på hende.

"Jeg var ude - det var det hele," sagde hun.

Han stod lidt.

"Var han osse ude?"

"Hvem?"

"Ham - Olav?"

"Du er jo fuld, Mathis - la' mig komme ind."

Men han tog hende stille og fast i armen og så hende ind i øjnene.

Hun bøjede hovedet og trængte på.

"Lad mig komme ind," gentog hun.

"Ane", sagde han; hans stemme og hånd rystede, så hun uvilkårlig dukkede sig. "Hvor har du været? Hvor har du været? Du ser så svedt ud?"

"La' mig komme frem," gentog hun atter og skubbede nu så stærkt på, - at hun kom igennem og var borte med det samme.

Musikken spillede netop op til en lystig kehraus; tyve hænder var straks imod hende, og i næste øjeblik var hun skjult i hvirvlen.

Men Mathias steg langsomt ned ad trappen, gik over gården og ind i havreboden, hvor han tungt satte sig ned på en væltet vognfading (vognkasse) med hovedet i hænderne.

Rundt om ham strømmede regnen uophørlig ned med en melankolsk rislende lyd. Tågen var lettet, men himlen var tung af sorte, flossede skyer, der drev over og under hinanden.

Han knyttede sine store brune hænder; han bed tænderne sammen; og det brød ham i brystet - dette dumpe, ubestemmelige, der pressede på og ville frem og dog aldrig kom.

Han vidste det godt. Om nogle dage ville det være ovre. Når en passende tid var gået, ville han blive gift med Ane, og ingen ville tænke derpå eller tale mere derom.

Men alligevel; - så længe det stod på, så brød det dog så svært; så pinte det så hårdt, - og han lagde hovedet ned på armen og græd.

Tæt nede ved horisonten skød månen sig op af en stor, mørk sky og bredte et festligt skin længere og længere ud over egnen. Men idet dette nåede byen, og den fik øje på den grædende mand under havreskuret, var det, som om den pludselig standsede, mens et medlidende smil bredte sig i dens ansigt.

”Ja - de mennesker!”

Vinterbillede

Nu havde det regnet samvittighedsfuldt i alle ugens syv dage og nætter.

Og da det havde været en sådan mild og sagtelig regn, begyndte man næsten at tro, det var vårregn - især da folk fra lavningerne mod syd påstod, at de i det lille middags-minut, solen fik lov at skinne igennem, havde set "vårvin-den" danse hen over engene.

Folk talte for alvor om at slukke i ovnen og gemme vinteren hen. Og inde i byerne begyndte allerede de nye-ste forårsmoder at spire så småt under paraplyen - læng-selsfulde efter at folde sig ud ved første solskinsdag.

Men en avis havde ikke så snart meddelt en lille notits om en udsprunget viol, før vinteren om natten atter strøg sin hvide hånd hen over den. Og da gamle pastor Falster tidligt om morgenen hoppede ud af sengen i bar skjorte for bag gardinet at titte ud på sit eget violbed, stødte han næsen mod tykke, kolde isblomster, som vinteren så spotsk rakte ind igennem ruden.

Udenfor lå rimfrosten tommetyk på de sorte trægrene. Og da solen stod op, var himlen ganske glasklar og blålig; og under den lå - i skingrende hvidt - marker og skove, blinkende og glinsende dér i solskinnet ligesom i et dril-lende smil: Hvor blev violerne af?

Inde imellem lå de otte dages regn og lurede, pyt ved pyt, som stålgrå is. Og langt derhenne - op over en lille hvid lund - så man et stærkt, luende glimt op imod den blålige himmel.

Det var vindfløjen på det store herresæde.

På afstand kunne dette næppe skelnes. Sneen viskede det ud i ét med skoven. Men nær ved trådte den røde, slanke bygning frem for sig selv - og tog sig ud dér i sol-skinnet foran skoven.

Tommetykke snebræmmer lyste hvidt hen ad de brede gesimser og på de fremspringende sandstensornamenter. Høje flisetrapper og støbte, snirklede balkoner kastede blege vinterskygger langt hen ad den murstensrøde facade.

Gennem minderige tider havde denne herlighed tilhørt en og samme af vore allerværdigste adelsslægter, hvis stamfader - en tilløbet tysker - havde fået den skænket af en af vore højsalige konger som erstatning for en ung maitresse med "spanske" øjne.

Derfor var der over indgangsdøren et adeligt våben med hjelm i marmor, sværd i guld. Og rundt om vinduesfagene var der rigt med løvehoveder og ørnenæb i sandsten, drageflab og kvindebryster.

Men hvad der lå på den anden side af den rummelige, brolagte borggård - et sortladent krimskrams af stalde og lader, stier og skur - det var mildest talt lige så forfaldent som forpagteren selv, der sad derinde i al sin ubevægelige fedme og bestilte ikke det, man kan tænke sig, andet end at drikke portvin og tabe lange askesøjler fra cigaren ned i folderne på vesten. Bedriften havde han i mange år ladet skøtte sig selv; og det samme havde derfor den sværm af svenske karle og piger, der gerne holdt sig til her.

Derimod skete der nok ting inde i de mørke stalde og oppe på lofterne, som kunne få rødmen til at rejse hårene selv på gamle erfarne koner.

Det kunne måske synes underligt, at alt dette så uhindret fik lov at passere lige foran de adelige vinduer. Men disse var alle kridtede, alle salene tomme; og foruden rotter og spindelvæv husede den store bygning kun en gammel musegrå sjæl, der havde det hæderfulde hverv at bringe værelserne i orden for det tilfælde, at herskabet skulle beære egnen med et besøg.

Men dette tilfælde var endnu aldrig indtrådt i hans 30-årige tjenestetid. Og nu sad han dernede i sin mørke kælderstue, urokkelig, som en rugende edderkop i hjørnet af sit spind, luskende sig omkring på listesko i salene, så snart han havde færten af noget, der ikke var kendte rotte-fjed.

Thi den grevelige besidder henlevede dagene et sted i Tyskland og havde intet andet med sine to danske godser at gøre end at modtage, kvittere for, og anvende de beløb, som godsernes bønder og fattige husmænd terminsvis måtte erlægge i fæste på godskontoret, hvilket hæderfulde hverv han ligeledes havde bestridt i 30 år, dog ikke uden en beklagelig svækkelse i rygradsregionerne.

Men bønderne og de fattige husmænd?

Det kunne hænde - navnlig mod terminstid - at de kom til at tænke derpå; og så kløede de sig ind under huen, skævede med munden og mente, at disse hersens "spanske øjne" egentlig efterhånden blev lovlig dyre, især for dem, der ingen fornøjelse havde af dem.

Men i dagligdagen hændte dette dem ikke ofte; dels fordi det jo kun var til liden nytte, dels fordi de overhovedet ikke tænkte meget.

De drak.

Og det var - desværre - endda noget af det nobleste, de foretog sig.

Oppe fra herregården var fordærvelsen kommet og havde allerede gennem et par slægtled bredt sig ud i sognet, dybere og dybere. Lillelunderne var ligefrem berygtede i nabobyerne; og man kendte den ene i den anden på denne hede, tørre brændevinshud, der tidligt sætter sig i rynker.

Der gik næppe en dag uden spektakler ud over hele byen; næppe en nat uden en karl havde noget at gøre sig stolt af, en pige noget at fortryde. Ufred, syge kvinder og de uhyggeligste jordemoderhemmeligheder hørte til dagens historie, og den kunne hver mand på sine fingre.

Men Gud ske lov for præsterne! - Lillelunderne havde ingenlunde været forurettede. De havde endda haft adskillige, slag i slag, pæne mennesker med fuldt laud (engang den højeste karakter ved universitetseksaminer), som dog desværre næppe havde fået embedet, før de søgte fra det igen af alverdens magt, "fordi der ikke var nogen menighed".

Men med gamle pastor Falster var det en anden sag. Han var ikke af denne verdens laudabilister; kun godmodig og elskværdig, men med et fortrykt lille smil i de sænkede mundvige.

Den gamle mand kunne gyse, hver gang han tænkte på fordærvelsen derude, - og næsten græde, hver nat han vækkedes af det vilde skrål fra svenske karle og malkepiger, der fra byens kro drog hjemad til herregården.

Men verden havde lært ham, at han ikke var manden. Og bispen havde venskabeligt betydet ham, at det var det sidste embede, han kunne vente at få.

Derfor havde han ikke mod til at hidse befolkningen op omkring sig ved at tordne om loven og dommen, men trak sig tilbage til sin lille venlige præstegård for at henleve sine sidste dage i fred med alle, i hygge med det eneste af kært, han endnu havde tilbage: sin unge datter og sine blomster.

Så fik det i Guds navn at gå der udenfor, som det bedst kunne. Han ville glemme det derude, rulle tæt ned for ruderne og blot føle, hvor det var dejligt at sidde der under lampen med sin Ragnhild og læse for hende om Vølund og stærke Thor til langt efter midnat.

Og så blev han der, blev der så længe, indtil han til sidst selv begyndte at finde smag i en stærk kop kaffe med en god snaps rom.

Hvert tredje år kom bispen og "visiterede". Det var så nær den eneste afveksling i de tos rolige samliv. Men når det højtidelige budskab - mindst tre uger i forvejen - arriverede gennem provsten, satte det også den stilfærdige præstegård i en fuldstændig konfusion.

Alting blev vendt op og ned, skuret og luftet på retten og vrangen. Vin blev forskrevet fra København, kogekone fra købstaden; og vejfarende påstod, at de i det meste af denne lange tid kunne fornemme duften af and og fint bagværk ud af præstegårdsporten.

Præsten selv dukkede ned på bunden af sin skrivebordsskuffe, hvor, i et gulnet omslag, den prædiken lå, som han havde fået laudabilis - sit eneste laudabilis - for til bispeeksamen.

Den holdt han så - hver gang.

Men bispen hørte så meget mellem år og dag. Han sad deroppe i koret og næsten gemte sit lille lærde ansigt i hånden, som han lagde op over kinden med lillefingeren under næsen, mens han nikkede lige som ved sig selv, hver gang Falster endte en af sine smukke, velrundede perioder. Og når han derfor bagefter selv henvendte et par ord til den festligt klædte forsamling, da var det ud af en virkelig glæde over det menighedsliv, han her så blomstre frem.

Hvorhen han end vendte øjet, var den lille kirke stoppende fuld af begærlige, der var strømmet til for at se den berømte mand med de mange strålende ordner på fløjlskjolen; og især dvælede hans blik henne ved indgangsdøren, hvor de svenske karle og piger stod i et langt geled med hænderne efter gammel skånsk skik fast foldede under hagen.

En middag endte visitatsen. Det var denne længe forberedte middag, dette fine hvide bord, der havde været Ragnhilds stadige tanke og hemmelige stolthed de sidste dage og nætter. Der var fire glas for kuverten, otte retter ud af den fineste kogebog.

Bispen lod de fleste retter passere forbi sig; men han var dog ingenlunde fortrydelig over, at de var der. Med usædvanlig elskværdighed så han ned over de to rækker tavse, spisende præster, der i andægtig lytten standsede gaflen på halvvejen, så snart han talte.

Til allersidst skrev bispen med store bogstaver i sognets protokoller, at han på embeds vegne havde glædet sig over det kristenliv, han havde set fremblomstre her i sognet.

Men engang, da de havde rejst sig fra bordet, vendte bispen sig pludselig om imod solskinnet, hvor det legede med sneen hen ad staldlængens tag, og udbrød livligt: "Hvor fristende! Tror jeg næsten ikke, det er første gang, solen skinner for mig på denne egn. Hvad mener d'hrr. om et ridt på apostlenes heste? Jeg har endnu en lille time til min rådighed."

I de små, lave stuer var der kvalmt af madlugt og kakkelovnsvarme, så alene af den grund blev forslaget modtaget med en bifaldende mumlen af de omkringstående præster.

Værten, gamle Falster, ville endda sige noget yderligere, men kunne ikke for glæde. Men da han havde fået sine gæster vel ud af havelågen, vendte han - i sin henrykkelse over, at alt nu var klappet og klart for denne gang - pludselig omkring, sprang ind i spisestuen, tømte i ét drag et stort glas rødvin, satte med et klask i pulden sin gamle cylinderhat på hovedet og havde nær, idet han atter løb ud, givet tjenestepigen et smækkys lige midt i ansigtet i den tro, det var hans datter.

Thi nu slap han jo for denne pinagtige tête à tête med bispen inde i studereværelset, hvor han ellers efter middagen måtte opbyde al sin behændighed for at glide let hen over de virkelige tilstande og slippe uden om disse - disse søndagstimer, i hvilke han prædikede synd og syndernes forladelse for kirkekonen og de tolv apostle omkring prædikestolen.

Ude på den brede landevej gik den gejstlige middag, to og to, med små, gejstlige skridt. Frostsneen gav lyd under alle støvlesålerne, og den blå cigarrøg flød let og lempeligt ud i solskinnet.

Bispen gik forrest - i samtale med en ung mand, der næsten bogstaveligt gik på siden af ham og erkendte ethvert af hans ord med et dybt, embedssøgende buk. Det var en kapellan fra nabosognet, en lang rangle med et underlig klamt ansigt og røde, rindende øjne.

Gamle Falster havde sluttet sig til et par gemytlige provster, der med hinanden under armen holdt sig så langt tilbage, at de turde være højrøstede. Men mens den ene provst var nær ved at tage livet af den anden med halvkvalt latter, blev den gamle præst på én gang ganske tavs og stirrede betænkelig ud over en bivej, som bispen pludselig var slået ind på, opfordret dertil, som det syntes, af sin bukkende ledsager.

Det varede heller ikke længe, før bispen standsede brat og så stift ud til siden.

Dér - et stykke fra vejen, under en høj, lodret sandbrink, hvorfra gamle trærødder vred sig ud i luften som visne troldfingre - lå et gammelt hus, uhyggelig ensomt og med en underlig stilhed, hvorigennem man ude på vejen hørte en stille sang af en mor, der vuggede sit barn.

Men det mærkeligste var et nymalet bræt, der som et skilt stod ud over døren, og hvorpå der med store, hjemmegjorte bogstaver stod at læse: Jeg og mit hus vi ville tjene Herren.

”Hvad skal det sige?” - spurgte bispen; han rettede sig i vejret og vendte sig tilbage med et ildevarslende blik.

”Ja - hvad mon det skal sige?” - sagde de andre præster, der nu kom til. Men den klamme foldede sine hænder og sukkede dybt.

Pastor Falster kom nu krybende frem og forklarede, at det jo rigtignok var en irvingianerfamilie (medlem af det

apostolske kirkesamfund), der for nylig havde slået sig
ned her på egnen; men bispen måtte være overbevist om,
at de endnu ingen indgang havde vundet hos befolknin-
gen, og at han - præsten - skulle gøre sit yderste, for at
forhindre, at ...

"Nå, således!" - sagde bispen og fortsatte sin vej. Men
han sagde det i en tone, der gjorde den gamle præst gan-
ske bleg.

Hjemvejen blev lagt om ad en anden sti; men den gode
stemning var og blev ødelagt. Bispens ansigt så fortræde-
ligt ud, og hvert øjeblik vendte han sig om for i en skarp
tone at foreholde de tilstedeværende præster det fordærve-
lige i dette sekt-uvæsen.

"Det er" - endte han med varme - "det er giftige snylte-
planter, der sætter sig på det friske menighedstræ og kvæ-
ler det til trøske, hvor man ikke tager alvorlige og kraftige
forholdsregler."

De sidste ord udtalte han med en så stærk betoning, at
gamle Falster følte sit hjerte synke dybere og dybere; og
med urolige blikke skottede han tilbage, da bispen og
provsten på én gang gik afsides, tilsyneladende i ivrig
samtale.

"Den gode Falster bliver gammel - for gammel, er jeg
bange. Dette sektvæsen, der nu begynder at slå sig ned her
på egnen, er mig et tegn derpå. Jeg tror virkelig, vi bliver
nødt til at se os om efter en anden og yngre mand med
friske kræfter," sagde bispen og tænkte på den lange ka-
pellan.

Provsten ville gerne forsvare sin gamle ven, Falster,
men da blev bispen utålmodig og udbrød hvast: "De tager
fejl. Også hans prædiken i dag var mig et tydeligt bevis
på, at hans åndelige evner er svækkede; det var ikke den
gamle klarhed og fylde. - Det er kedeligt, at folk ikke selv
kan se det tidspunkt, da de bør trække sig tilbage; og det
er pinligt for mig - som nu i dette tilfælde - at skulle sige

dem det. Men vi må virkelig passe på, navnlig i denne tid, da så mange vil ryste kirkens grundpiller, at vi ikke lader noget som helst passere, der kan vække forargelse!"

Da bispen var rejst, og præsterne taget af sted, sad gamle Falster og hans unge datter ene tilbage i den lille, stille præstegård. Han næsten lå i lænestolen, hvid i ansigtet og med trætte lemmer. Hun stod stille ved hans side, stirrede blot ud over gulvet med et tankefuldt blik.

Ingen talte. Men blomsterne derude, aftnerne herinde, Thor og Vølund svandt bort for deres øjne som i grå tåge.

"Har du det nu bedre?" - spurgte hun endelig og bøjede sig over ham.

Først svarede han ikke. Men så tog han hendes hånd, rystede på hovedet og sagde langsomt: "Jeg forstår det ikke; - jeg forstår det ikke."

Alt andet havde han kunnet forsone sig med. Men at hans prædiken ...

Og det var dog den, han havde fået laudabilis for af gamle biskop Tage Müller for 40 år siden!

Arv

I

Klokken var fire om eftermiddagen, da det sidste, ilsomme bud drog ud i Lillelunde By for at forkynde, at nu var det forbi - store Jeppe Nilen var død.

Det traf sig en eftermiddag midt i den travle tid, med høst i rugen. Men stilheden fra den lille beklumrede stue, hvor den store døde havde lukket sine øjne, bredte sig hastig ud over byen, alt som budskabet nåede frem - fra dør til dør og videre ud over markerne.

Her, i de gule agre, gik høstfolket tungt og tavst; pigerne blege under de store hætter; mændene nu og da søgende urolig ind over byen under de skyggende hænder.

Men idet de så budet komme løbende over marken, nikkede de stille til hinanden og tog vejret dybt, ligesom lettet.

Thi det kom ikke uventet her. Siden om morgenen havde man været forberedt.

Og som en fremskridende bølge gled nu budskabet ud i den stille, lumre sommerdag, - bestandig ilsommere ud over de støvhvide veje og tørstige marker; bestandig hastigere, åndeløst: han er død! - han er død!

I de opskræmte nabobyer stimlede man sammen foran gårdene; kvinderne styrtede ud af dørene med forfærdelsen i ansigtet; andre kom løbende ude fra markerne for at høre, hvad der var hændt. Koner, piger, alt kom i bevægelse. Selv børnene trykkede sig frygtsomt sammen på stenflisen med deres fedtebrød og hviskede til hinanden: store Jeppe Nilen er død!

Inde i de smudsige, halvmørke kroer langs vejene, hvor rygtet faldt ind mellem halvdrukne prangere og slagtere, der netop sad og ventede på den fornøjelige lyd af en Lillelunde-vogn, sprang man op med et næveslag i bordet og gentog ordet: "død!" - Kælderpigen slap kruset og blev bleg. Og omme bag skænken sank værten ned på en stol, som om forbavselsen var ved at kvæle ham.

Helt ind til købstaden nåede efterretningen med en kørende hosekræmmer, inden solen sank i havet. Og i det svindende dagsskær sad allerede byens redaktør på sin skruestol for straks at skrive en lille notits derom til morgenavisen.

Thi også herinde kendte alle godt denne svære, statelige skikkelse, hvis prægtige hvide hoved ragede op over alle forsamlinger; denne gamle, indflydelsesrige storbonde, som embedsmændene venligt klappede i siderne, og i hvem selv de unge damer fandt et sært behag - i måden, hvorpå han med sine små øjne så ned på dem, idet han beholdt deres hånd.

Men da amtmanden og herredsfogden mødtes på den offentlige spadseresti uden for byen, nikkede de hemmeligt til hinanden og hviskede: "Det var på tide."

Og rundt om fra mangt et hus og hjem, hvorhen rygtet var nået, steg der i denne stille sommeraften en inderlig, hviskende tak til det høje fra ængstede sjæle, der i skælven havde set fordærvelsen ubønhørlig brede sig over egnen - dybere og dybere.

Hjemme over selve den berygtede by lå dødens uhyggeligt tomme stilhed.

Aftenskyggerne skumrede under husene; nattens klamhed steg langsomt op af den fugtige jord. Og himlen hvælvede sig over den, ligblå og kold.

Hist og her ved murene stod mænd med hænderne i lommen, sved på panden, og så op fra jorden med et sky blik ned imod den store gård ved kæret, hvor nu døden sad til huse.

Konerne sad i stuerne eller ude i dørene, med børnene samlede omkring sig. Unge piger krøb frysende sammen i ovnkrogene, ubevægelig stirrende ud i luften med store, tomme øjne.

Alt var stille.

Intet af denne vanlige fnisen bag stakkene; intet skrig fra staldene, eller drukne karles banden. Endnu kun denne lumre luft og brændevinsstank, der havde fulgt den store hedengangne op i hans høje alderdom.

Inde i skomagerens lave, tilrøgede stue, hvor smugkroen holdtes, sad dog endnu en tre-fire stykker i en afmægtig kamp med rusen. Den lille febergule kone på sengekanten, værten selv for bordenden - alle sad de og rullede uroligt med deres stive øjne uden at kunne vågne til bevidsthed.

Men oven over deres fortumlede hoveder summede det uophørlig og taktfast som slagene af en hammer: død - død - død.

Det var aftenklokken i det gamle tårn, der ringede solen ned under højene, løftende i den stille aftenluft sin stærke tro ud over den ødelagte by; - ikke mørkt og truende; men som en mild, vemodig bebrejdelse over tiden, der svandt, og bærende med sig i sin bløde klang minder fra hine gamle dage, da alt var fred og stille lykke.

Varmt og lyst sang den sin mindelige sang ind i sjælene, der sad i døre og på gærder i andagtsfuld lytten. Frøerne svarede på deres trommer ude i kæret. Og henne over skoven steg en enlig, jublende trille som et halleluja op imod den rosenrøde himmel, som den synkende sol havde farvet.

Flere af kvinderne græd; mødre trykkede børnene tættere ind til sig; og hist og her inde i de mørke stalde sank et blegt, ombundet hoved ned på mælkespanden i en stille, angergiven gråd.

Oppe på en grønhøj bag kirken stod et par rokkende gamle, støttet hver til sin stav og så ud over byen.

Der så sørgeligt ud dernede. Gårdene lå hen - sorte og afskallede, som om en pest havde hærget dem. Møddingerne sølede ud i store pøle, gærderne var nedtrådte, markerne afmagrede, og ukrudtet væltede alenhøjt op af haverne.

Oldingene så på hinanden og rystede på deres gamle, indtørrede hoveder.

"Ak, ja, ja - så'en går'et."

"Ak, ja."

"Men hva' sa' itte Sivert Hovmarken, Anders, inden han døde?"

"Ak, ja."

"Han fik ret, gjorde Sivert."

"Som immer," svarede den anden, tog betænksom en snus af dåsen og bød den frem.

Men i den sidste tid var det også gået op over alle rimelige grænser. Det var, som om Jeppe forud havde følt, at døden var sluppet løs efter ham.

For ikke mere end to dage siden - underligt nu at tænke på - var det, at han kom rullende i vild flugt ind igennem byen, så folk løb til vinduerne, og børnene langs gaden fór til vægs foran ham som opskræmte gæs.

Stor og dinglende sad han i agestolen med sit luerøde ansigt, fråden om munden, det hvide hår i vinden, og pisken over de forrendte skimler.

Men ingen anede dog dengang, at døden allerede havde ham i nakken.

Ved siden af ham havde der siddet en ung fyr med tæt krøllet hår, som han holdt om halsen, - en galning af en søn, han havde med en husmandskone fra overdrevet, og som havde gjort sig så uundværlig hos ham, at folk kaldte ham for "arvingen".

Bagefter fulgte flere vogne med prangere og slagtere, som han havde samlet op i kroerne undervejs, og hvoraf nogle var så drukne, at de måtte bæres op ad stentrappen i

Jeppes gård. - Og nu fulgte der en nat, som ingen sinde ville glemmes. Alle byens mandfolk strømmede til; senere de svenske karle fra herregården, der kunne lugte en snaps i en halv mils afstand ... Det blev en vild rasen uden måde, en sanseløs skrigen med hæse stemmer, raven og slagsmål i krogene ... Jeppe selv midt for bordenden i den store halvmørke sal, bestandig med armen om halsen på den unge fyr, der uophørlig skænkede op for ham - brølende, vanvittig, ustandselig gennem larmen, der ligesom rystede jorden under dem og trængte ud over byen, hvor kvinderne for ud af sengene og jamrede i dørene.

"For fanden! - hvor er I henne? - hvor er I henne, si'er jeg? Hvad er det ... Jeg vil ha'e musik - musik! - hører I? ... Er du dér, Lavrits! - du er min søn! - min søn, hører du! - Du skal ikke komme til at mangle - hører du? - Hold kæft derhenne? - Jeg vil ha'e musik - hvor er I henne? - Tænd lys for satan - tænd lys, si'er jeg - jeg - jeg ---

II

Det havde altid været sagt, at den dag store Jeppe Nilen skulle i jorden, ville hele Uggelejre Herred samles om hans kiste.

Nu traf det sig på en dag midt i den travleste høst, med tung luft og ildevarslende, tordenblå himmel i horisonten.

Men straks op ad formiddagen begyndte ikke desto mindre tæt fyldte vogne at vise sig over bakkerne. Og henimod middag støvede alle vejene rundt om af lange, tunge vognrækker med skumsvedte heste, der fra alle sider strømmede ind imod den festligt smykkede by, over hvilken flagene vajede på halv stang foran gårdene.

De blev ved at rulle ind. Folk ligesom myldrede op af jorden. Gårdsrummene og stakkehaverne fyldtes med køretøjer; og bag om vængerne stod de fremmede heste i tøjr og svarede hinanden med en engfrisk vrinsken.

Omkring tolvtiden begyndte folk i en bred strøm langsomt at bevæge sig ned imod sørgegården.

Over hele vejen var der tæt bestrøet med fint, hvidt bakkesand, granris og store gule og brandrøde høstblomster. Enkelte af dørene og gårdportene var pyntet op med guirlander af grønt, og langs med stod børnene i festdragt, trykkende sig fladt op mod murene med fingeren i munden, betragtende mængden, der ustandselig bølgede forbi: stille og tavst, i bestandig tættere rækker; kvinderne i handsker og sorte hætter, mændene med gamle, alenhøje cylinderhatte, der skinnede blålige eller rustrøde i solen.

Nogle havde kranse i hænderne; andre gik med blomsterkors og salmebøger. Og nede ved kæret ud for sørgegården stod våbenbrødrene samlede om deres fane og med tre basuner, der skulle blæse en koral over graven.

Det var et storartet højtidsfuldt skue; betagende for den lille by, der aldrig havde tænkt sig blot noget tilnærmelsesvist.

Og idet de Lillelunde bønder som følgets sidste rest gik ud af deres gårde og standsede på Smedebakken for med øjet at følge det lange, sorte, stille tog, der i en sky af optrampet støv bevægede sig ned imod kæret, da var det, som om det med ét i hele dets fylde gik op for dem, hvad for mand de - trods alt - dog havde haft imellem dem.

Der var folk fra fire mils omkreds, eller mere. Der var handlende fra købstaden; udvalgte fra alle nabokommunerne. Og midt i toget gik en deputation af amtets sognefogder, bærende på en mægtig krans med inskription.

Forvalteren fra herregården var kommet agende i jagtvogn med grevens egne morenkopper (blåskimlede heste); og det hviskedes for aldeles sikkert, at selve herredsfogden ville have indfundet sig med trekantet hat, om ikke Jeppes sidste dage havde gjort ham det umuligt.

Uden for sørgegårdens port stod byens halvvoksne ungdom i to tætte, nysgerrige rækker, hvor imellem toget, fod for fod, og endda kun med besvær, rykkede frem.

Thi inde i den ellers rummelige gårdsplads kunne man allerede næppe trænge sig igennem; og op fra det almindelige røre derinde steg en døvende summen af mænd og kvinder, der trykkede på for at komme frem - røde og oppustede af heden, der ligesom lå sammenhobet herinde mellem de hvide længer.

Især var trængslen stor op ad hovedtrappen og inde i forstuen, hvor man trængte sig frem for at komme ind i selve storstuen eller "salen", der lå straks til venstre, og som med sin usædvanlige størrelse indtog hele længens bredde.

Her var bølgende fuldt af folk. Og skønt alle vinduerne til den ene side, ud mod gården, var lukket helt op, og de til den anden, mod haven, var blændede med store hvide stykker for den indbagende sol, kunne man dog næppe få vejret herinde.

Langs under vinduesrækken mod haven var der dækket et langt bord, hvorom folk sad og spiste. Ved dets ene ende stod en ganske ung og bleg pige med mørkebrunt hår og et forskræmt udtryk i øjnene foran en blankpoleret messingmaskine, der nu og da sendte en forfriskende kaffelugt ud under det lave loft.

Men der var mærkeligt, underligt stille herinde. Folkene om bordet rørte sig næppe og spiste uden lyd; selv denne menneskemængdens urolige summen standsede brat uden for tærsklen uden at nå herind; medens derimod alle som én så hen mod den samme plet midt på den inderste væg ved ovnen.

Her, i en gammeldags armstol og med en pude i ryggen, sad en gammel kvinde og strikkede på en sort uldhose.

Hun sad tilsyneladende rolig; så aldrig op. Hun var lille og før; legemet sammensunkent. De korte, tunge arme hvilede under strikningen på den opsvulmede mave.

Hendes ansigt var gråligt, uden rynker; håret hvidt og gulligt, strøget glat ind under det simple hvide lin, der i en usædvanlig bred stribe stak frem af den sorte hue.

Det var Gertrud, enken, Jeppes efterladte hustru.

I dagens anledning var hun bragt herop med sin armstol fra de to små mørke undertagsstuer i sidelængen, hvor hun i tredive år havde siddet indegemt for verden, - for hvert langt, håbløst år bøjet dybere ned over strikkehosen - uden nogen sinde at lade sig se, så at man halvvejs havde glemt, at hun overhovedet eksisterede.

Men da man nu på én gang stod ansigt til ansigt med hende og så ind i disse sløvede træk, som mange slet ikke kunne genkende; så på denne lille, sammensunkne, ligesom rugende skikkelse, der sad så urokkelig med sine pinde, da var det, at mange følte en underlig beklemmelse om hjertet og en egen kold, prikkende sved over panden.

I en halvkreds omkring hende sad efter skik egnens fornemste koner med sørgehætter og kranse. Men alle så de ufravigelig ned i skødet; og det lød helt pinligt ind i stilheden, når nu og da et råb eller en kort latter ude fra mængden i gården strøg ind gennem de åbentstående vinduer.

En bestandig større trængsel opstod i salens ene ende, omkring døren ind til havestuen, hvor Jeppe endnu lå i åben kiste.

Alle ville se ham. Men mange - især af kvinderne - vendte straks om på tærsklen med lommetørklædet trykket for øjnene og måtte støttes under armen.

Dér lå han: stor og tyk, i sin lange, hvide, stive papirsligskjorte, hvorover den fulde sol strømmede gyldent ind gennem den åbentstående havedør. I lange, lige læg, med fint udhuggede kniplinger om hals og håndled, strakte den

sig netop ned til fødderne, der blå og opsvulmede stak
frem forneden. Hagen var barberet som til en fest; det
sølvhvide hår kæmmet glat ud med vand over den lille
sorte pude, der lå under hovedet. Armene hvilte strakt
langs siderne; halsen var ombundet med et hvidt bånd i en
sirlig sløjfe; og for at ikke øjnene skulle glide op, havde
jordemoderen, der klædte liget, behændig syet et lille
silkesting i hvert låg.

En bedøvende duft af kranse, der næsten skjulte kisten,
steg op omkring ham. Hvide og gule sommerfugle flagre-
de uophørlig ud og ind fra haven gennem den åbne dør;
og så stille var der, at man hørte fluesværmenes utrætteli-
ge summen derude under de tætte linde.

I tavs, indadvendt betragtning stod folk omkring kisten,
men i afstand fra den, - skelende med et usikkert blik hen
mod ligets store, lergrå, af smerte helt forvredne ansigt; på
den lille visnede næse og på denne mund, som var drejet
om til den ene side i et af disse den sidste nats rædsels-
skærende skrig, der endnu ligesom lå og dirrede i luften
omkring dem.

Ude i havegangen stod de to rokkende gamle, der hin
aften havde stået på grønhøjen bag kirken og set ud over
byen.

Hver ved sin stav, begge med den venstre arm bag på
den gammeldags skødetrøje og en høj, ulden hat på hove-
det, stod de - rystende på deres små, indtørrede hoveder -
og talte, som de plejede, om gamle dage.

"Ak, ja, ja - så'en går'et."

"Ak, ja."

"Det sku' nu ingen ha' sagt om Sivert Hovmarkens Ger-
trud dengang, Anders! at det sku' ende så'en, nej. Der var
nok om hende i de tider."

"Ak, ja."

"Og stort begyndte det da, om du husker det, Anders? -
med æden og drikken og majgrene og skyden og spekula-
tioner, så Vorherre måtte bevare sig."

"Ak, ja."

"Men gamle Sivert fik dog ret, gjorde han."

"Som immer," svarede den anden og stirrede tankefuldt;
ud i luften.

Men inde i krogene hviskedes der om, at Jeppe havde
gjort sonebod, inden han døde. Så underligt det end lød,
så forsikredes det aldeles bestemt, at hin frygtelige nat, da
hans hjerteskærende skrig holdt hele byen vågen, havde
Gertrud siddet på hans sengekant og holdt hans hånd, når
smerterne kom.

Man ville vide, at hun havde været ene hos ham lige til
det sidste; at de var blevet helt forligte og uophørlig havde
bedt sammen for hans sjæls frelse, samt at hun til slut
havde læst højt for ham af Åbenbaringen, da han fór he-
den.

Det var næsten ikke til at tro; og rundt om så man folk
ivrig stikke hovederne sammen, mens hist og her én rejste
sig fra bænkene langs væggen og strakte hals hen mod
Gertrud. Men nu slog det også alle, at ingen havde set
noget hverken til "arvingen" eller dennes mor, "Sorte
Marie", der ellers ikke plejede at mangle mod til at ind-
finde sig.

Imidlertid ankom nu præsten. Der blev bevægelse i
mængden; inde i havestuen blev låget hurtig skruet på, og
følget ordnede sig.

Våbenbrødrene var allerede marcheret uden om gården
og ind i haven, hvor de havde stillet sig op foran døren
med fane og basuner for at åbne toget. Andre, der ikke
havde kunnet få plads inde i selve gården, var fulgt med
og fyldte alle de nærmeste gange.

Og idet nu kirkeklokkerne begyndte at lyde, satte men-
neskemassen sig rundt om i en langsom bevægelse. Af

otte sognefogder blev kisten båret ud gennem haven og
den nordre låge, der førte lige ind til den højtliggende
kirkegård; og så stort var det samlede følge, at salen end-
nu stod halvt fyldt med folk, da sangen begyndte oppe
omkring graven.

Men da det sidste tunge trin havde lydt over tærsklen,
og havelågen lukket sig efter den bageste - med denne
kendte knirkende lyd af det tørre træ, - mens stilheden
lejrede sig i de store, tomme stuer, gik den unge, blege
pige bort fra bordet, knælede ned hos den gamle enke og
lagde sit hoved i hendes skød.

De var ene tilbage, disse trofaste to, der havde delt den
lange ensomhed i de mørke rum med hinanden.

Den gamle havde sænket strikkehosen; men sad ganske
stille. Hendes ene, skælvende hånd lå på Ane-Mettes hår;
og hun havde løftet hovedet - som i lytten efter den sidste
rest af det bortdragende følge.

I fulde, højtidelige slag tonede kirkeklokkerne ned gen-
nem den stille luft. I løftende, hundredstemmigt kor
strømmede sangen oppe fra graven ned over dem:

> ”Du jord, må nu legemet gemme,
> Gud vil det dog ikke forglemme,
> men pryde det dejligt med ære,
> til evig hans billed at bære!”

”Moster! - å moster!” hulkede den unge pige og trykke-
de hovedet dybere ned i den gamles skød.

Men denne rørte sig ikke; sad bestandig i den samme
stille, åndeløse lytten, mens en skælven mere og mere tog
magten over hendes legeme.

Så standsede sangen; klokkerne forstummede ... En lang
stund gik hen i stilhed ...

"Vorherre være ham nådig," mumlede hun endelig bevæget og bøjede hovedet, idet sangen atter begyndte, og klokkerne faldt ind.

*

Ude over graven blæste våbenbrødrene koral, så selv lænkehundene inde i byen gav sig til at tude.

III

Hen på eftermiddagen efter begravelsen gik Gertrud ved Ane-Mettes arm ind gennem rækken af de store, tomme stuer, som hun nu - efter tredive års fravær - ligesom på ny tog i besiddelse.

De vandrede langsomt, fjed for fjed, fra det inderste kammer ud mod gården, gennem havestuen ind til salen og tilbage igen, - nu og da standsende i tavshed foran et eller andet nyt møbel eller nyt billede på væggen.

Over den gamles ansigt lå en dyb, fortrøstningsfuld ro.

Hendes trætte sjæl havde nu endelig fundet hvile. Hendes tanke dag og nat sov nu med fred i jordens skød.

Hun vidste det: hendes egne dage var næppe længere mange; og hun trøstede sig derved. Hun følte, at hendes livs gerning var endt; dets lidelser løst op i denne store forsoning, der havde været dets eneste mål.

Og for den stakkede tid, hun endnu kunne have tilbage, havde hun kun ét håb: dette, at få ordnet og lagt alt, hvad der endnu måtte være, således til rette, at hun kunne efterlade sin fædrenegård til en ny slægt - hel og ubeskåret, således som hun i sin tid selv havde modtaget den.

Thi selv følte hun sig allerede som halvvejs løst fra de bånd, der bandt hende hernede til forkrænkeligheden, -

110

levede allerede med sine tanker oppe i denne lange, trygge hvile, mod hvilken hendes trætte hoved stundede.

Og de var som udslag af denne hendes stille, sejrssikre fortrøstning - disse små, uvilkårlige tryk om Ane-Mettes hånd, som hun holdt i sin.

De gik tavse videre.

Men over Ane-Mettes unge ansigt lå en urolig feber, der blev stærkere for hver ny stue, de kom ind i.

Hun gik sagte; turde næppe trække vejret, idet hun så sig om med en halvt højtidelig, halvt nysgerrig glans i sine store, barnligt brune øjne.

Således så her altså ud! Dette var altså disse stuer, som det fra barns ben så strengt havde været hende forbudt blot at nærme sig, og som hun derfor havde brændt efter at se. Herfra var de kommet - disse forunderlige lyde, der som en fjern brusen nåede ned til hende i stilheden, når moster gik urolig op og ned ad gulvet uden at tale. - Og her var det sket ... dette, som hun egentlig ikke vidste, hvad var; men som hun havde brudt sit hoved med i ensomhed, - dette, der havde gjort mosters hår hvidt, da hun var tredive år, som hun hørte.

Der gik en let gysen igennem hende. Det kom hende for, som om det endnu hemmeligt hviskede, kyssedes og lo inde i krogene; som om gulvet gyngede under hende til en fjern dansemusik et sted langt borte fra ... Hun lukkede øjnene halvt; følte sig ligesom beruset af luften herinde, der endnu var svanger med duft af kranse og stærke blomster.

"Skal vi sætte os," sagde mosteren endelig og standsede.

De stod inde i det lille, halvmørke kammer mod gården, - det eneste sted, hvor alt endnu havde fået lov at stå så godt som urørt fra gamle dage. Her var lergulv og små vinduer. Endog en række støvede tintallerkener stod endnu uforandret på en hylde under loftet, og væggene havde de gamle riflede paneler.

Ane-Mette hentede mosterens armstol fra salen og lukkede døren efter sig, da hun atter kom ind. Selv satte hun sig på den faste bænk, der løb under vinduerne, bag det store, tunge egebord.

I lang tid talte de ikke til hinanden, og der var fuldstændig stille omkring dem. Den gamle havde fået fat i sin strikkestrømpe; Ane-Mette sad i en tankefuld stilling med hånden under kinden og så ud i gården.

Omsider løftede dog mosteren hovedet og så hen på sin søsterdatter.

"Ane."

"Ja," svarede denne hurtig, idet hun vendte sig, og følte, at hun var brændende rød.

"Hvor mon Avgustinus er i dag?"

"Avgustinus? ... Ja, Gud véd," sagde hun tankeløst og lagde atter langsomt albuen op i vindueskarmen.

"Jeg længes efter ham," sagde den gamle efter en lille stunds forløb.

"Ja, jeg gør," svarede atter Ane-Mette; hun var allerede langt borte igen, med hånden under kinden, og havde ikke hørt det rigtig.

En rum tid forløb på ny i stilhed. Ude i bryggerset færdedes i et par minutter en kone i træsko, men forsvandt derpå igen. En karl fløjtede inde i en af staldene; og lige under vinduet sad en kat og nøs uafbrudt.

"Ane."

"Nu - moster?" svaredes der; men denne gang lidt fortvivlet over igen at blive forstyrret.

"Hent bogen, Ane," fortsatte den gamle ufortrødent; og Ane rejste sig langsomt og gik som i drømme over gulvet.

"Hvad skal jeg så læse, moster," sagde hun derpå med et tungt pust, idet hun atter satte sig.

"Slå op i Gerningerne."

"Gerningerne ... Gerningerne," gentog hun ved sig selv, mens hun bladede, ligesom for at samle tankerne helt;

strøg dernæst håret op fra panden, lagde sig tungt ned til den ene side med hovedet i hånden, pustede ærgerlig til en flue, der havde sat sig på hendes bryst, og begyndte endelig i et syngende, ensformigt tonefald, som hun syntes at have anskaffet sig til dette brug:

"Den første beretning skrev jeg, o Theophilus! om alt det, som Jesus foretog sig både at gøre og lære indtil den dag, han blev optagen, efter at han havde givet apostlene, hvilke han havde udvalgt, befaling ved den Helligånd; for hvilke han og, efter at han havde lidt, fremstillede sig levende med mange bevisninger, da han blev set af dem i fyrretyve da ...."

Det bankede på døren.

Efter en mængde unødvendige skrabninger udenfor på måtten indtrådte en meget lille kone i sort kjole, og bag hende en lang, ung fyr med rødt halstørklæde og ringe i ørerne. Konen holdt et sammenlagt lommetørklæde foran mellem hænderne og blev beskeden stående ved døren, medens den unge fyr syntes at gøre sig umage for at se skødesløs ud og navnlig ikke tog huen af, før han var helt over tærsklen.

Ane-Mette gav et let skrig, idet hun så, hvem det var, og stirrede hen på mosteren. Men skønt dennes hænder i dette øjeblik rystede usædvanlig, syntes hun dog kun at have ventet dem og bød dem med et kort ord at sidde.

Konen gik varsom over gulvet og satte sig lydløs på kanten af en stol i nærheden af bordet; sønnen efter. Hun så ud til at være henimod et halvt hundrede eller måske mere, men var endnu usædvanlig smuk, med et meget mørkt og glat hår foran huen og et par spillende brune øjne, som sønnen havde arvet.

Om munden lå et stillestående, lidt rødligt smil, der gav ansigtet et tænksomt udtryk, navnlig da hun gerne lagde hovedet lidt til siden og holdt lommetørklædet op til kinden.

Hendes klædedragt var overordentlig proper, men meget tarvelig, og syntes alt for gammeldags til den ranke, knejsende figur, som sønnen også havde arvet.

Men i dette øjeblik så de begge meget blege ud. Moderen tørrede sig i ét væk urolig med det sammenlagte lommetørklæde over den svedige pande; medens den unge fyr på trods strakte benene fra sig ud på gulvet og så op i loftet.

Gertrud sad urokkelig bøjet over sine pinde og så ikke op. Ane-Mette havde trykket sig ind i hjørnet bag om hendes stol, hvorfra hun med dette halvt sky, halvt nysgerrige blik stirrede ud på dem, fra den ene til den anden.

"Der var nok mange folk i dag," sagde endelig konen; hun havde et mærkværdigt blidt tonefald.

Men da ingen svarede, vendte hun blot øjnene lidt fra armstolen og fortsatte endnu blidere: "Vi kunne, til uheld, ikke komme med."

"Vi var i byen - i forretninger," føjede hun til lidt efter, med en sær betoning, der måtte mærkes.

Vedvarende tavshed.

Den unge fyr gjorde en utålmodig bevægelse på stolen; men moderen lagde sin hånd på hans arm og tog atter efter en passende stunds forløb ordet.

"Nu er det kanske jer agt," sagde hun, lidt rød og dirrende, men næsten syngende blidt, idet hun så ud i stuen. "Nu er det kanske jer agt, Gertrud, at slå jer til tåls her oppe på gården?"

"Ja," svarede Gertrud kort og skiftede en pind.

Mor og søn vekslede øjekast. Den første snoede febrilsk lommetørklædet mellem sine korte, tykke fingre. Den anden trak pludselig benene ind under stolen, slog armene over kors og satte øjnene fastere i loftet.

"Ja så," sagde moderen; hun så fra sønnen hen på Gertrud og videre over på Ane, der slog øjnene ned. "Ja, så er det vel efter Jeppes ordning?"

”Ja.”

”Nej, - det er det vist inte,” lød det nu fra sønnen med en meget dyb stemme, der imidlertid var så utydelig, at Gertrud ikke forstod det, men blot så op.

”Lavrits mener,” lagde moderen sig imellem, skønt hun næppe længere selv kunne beherske sin stemme. ”Lavrits mener, at den salig afdøde mulig kunne have haft en mening med ham. Han gjorde jo så meget af ham, gjorde Jeppe, mens han levede; det må vist alle bekende, at det var helt forunderligt, som han i alle måder hang ved den dreng, og det fejler vel heller næppe, at han har haft sin tanke derom.”

”Ja så,” sagde Gertrud tørt og strikkede rolig videre.

”Vi mente,” fortsatte den anden og så nu fast på hende. ”Vi mente, at Jeppe heller ikke havde glemt ham på det sidste. Det var ikke så hans vane ... Vi mente - han måtte vel ha’e tænkt på os? ...”

”Nej.”

”Ikke det?”

”Nej.”

Hun vekslede atter et hurtigt blik med sønnen. Hun var nu ligbleg; sveden perlede på panden, og hænderne vred krampagtig lommetørklædet nede i skødet.

”Dér husker I vist fejl, Gertrud. Der må vist være et - et dokument.”

”Hvad skulle det være for et dokument?”

”Det véd I vist nok.”

”Nej.”

”Ja så ... Da har der én gang været et, Gertrud,” lød det dirrende skarpt.

”Det er nok muligt” svarede denne og skiftede atter en pind.

”Nå, således,” sagde den anden efter en lille stunds forløb og slog sig små slag med lommetørklædet i den ene hånd, idet hun så ud ad vinduet. "Så findes det vel nok igen."

"Det gør det vist ikke."

"Å hå! Der er vel råd for det. Der er dog endnu lov i landet."

"Å ja."

"Og hvad der én gang har været på lovlig papir, det står vel fast, tænker jeg."

"Hvem si'er det?" spurgte Gertrud og så hurtig op.

"Prokurator Sandberg," lød det pludselig igen fra den dybe stemme.

Det kom åbenbart for tidligt; thi moderen lagde atter hurtig sin hånd på hans arm. Men da det nu engang var sagt, gentog hun det, blot mildere.

"Prokurator Sandberg," gentog Gertrud langsomt og så fra den ene til den anden. Det faldt som en bombe ind i stuen - dette navn, der kunne få selve gårdene til at ryste. "Jeg tænker ikke, vi har brug for prokurator her!"

"Ja, I får selv om det," sagde den anden og så op på sønnen, der havde rejst sig.

"Jeg tænker ikke, vi har brug for prokurator her," gentog Gertrud; hun syntes endnu ikke at have fattet det, eller vidste ikke, at hun havde sagt det før.

"Det kommer an på jer selv," svarede den lille kone på ny og rejste sig nu også. "Det var dette, vi ville sige jer. Men kanske I finder dokumentet alligevel. Nu må I gøre, som I vil."

Lidt efter var de ude af døren. Men Gertrud sad endnu længe og stirrede fortumlet hen imod, hvor de forsvandt.

Ane-Mette derimod, som ikke havde forstået et ord af det, listede sig fra sin krog til at kigge ud i gården. Og da det forekom hende, at Lavrits nikkede til hende, idet han forsvandt gennem porten, blev hun blussende rød.

Det var nogle underlige rygter, der begyndte at gå rundt i byen. Først ligesom på hosesokker, hvisket i krogene; senere temmelig åbenmundet og med et så tilforladeligt anstrøg, at man virkelig til sidst ikke vidste, hvad man skulle tro.

Rigtig nok hørte man det snart fortalt på den ene, snart på en ganske anden måde; og ingen havde fuld rede på, hvordan det egentlig forholdt sig. Men så meget syntes dog efterhånden at blive sikkert: noget mistænkeligt var der i alt fald ved Jeppes endeligt.

Ærlig talt: det havde altid lydt noget mærkværdigt med denne hans "omvendelse" på det sidste. De, der kendte ham bedst, havde bestandig med en besynderlig vantro mine set op i loftet, hver gang den kom på omtale.

Men nu begyndte man rent ud at ymte om, at disse hin sidste nats rædselsfulde skrig, der fik folk til at springe ud af sengene i hele byen, havde haft en ganske anden - og uhyggeligere - årsag, end den, man hidtil havde troet.

Det var Sorte Marie, der havde sat sagen i omløb. Og det drejede sig nok om intet mindre end en stor arv - et betydeligt gavebrev, lydende på omtrent hele Hovmark-gården, som Jeppe i sin sidste tid skulle have udstedt til "arvingen".

Selve originaldokumentet - det vidste man bestemt - havde til det sidste beroet i Jeppes værge. Og nu var det, man ville vide, at Gertrud hin nat, benyttende sig af hans afmægtige tilstand og frygtelige pinsler, havde affordret ham det og trods hans vedholdende nægtelser ikke ladet ham rist eller ro, før han havde indvilliget i at tilintetgøre det bevis, som han i sin tid skulle have nødt hende til at medunderskrive.

Således fortaltes der. Mange rystede rigtig nok endnu mistroisk på hovedet; thi Sorte Marie havde ikke altid

været af de pålideligste. De gamle og besindige skød end-
da sagen helt hen, idet de slog fast, at hvorledes det end
forholdt sig, så sad Gertrud i uskiftet bo; og "hvor intet
testamente er oprettet, har ingen noget at fordre".

Men da det blev bekendt, at prokurator Sandberg havde
taget sig af sagen, begyndte der at gå gæring i gemytterne.
Og som alle steder, hvor den karl slog ned, varede det
heller ikke længe, før man hørte om afsløringer, der satte
alle i den højeste forbavselse.

Der faldt med ét som skæl fra alles øjne. Ikke en dag gik
hen uden nye oprørende oplysninger. Og inden lang tid
var alt så soleklart bevist; hele sagens gang, lige fra Jep-
pes første sygedag til hans sidste suk, så uigendrivelig
godtgjort, at man kun kunne undres over ikke selv for
længst at have opdaget det.

Det blev bevist, at Lavrits og Sorte Marie hin aften - af
let forståelige grunde - havde villet trænge sig ind til den
syge, men havde fundet alt lukket og stænget, trods deres
gentagne bankninger. Gårdens folk havde været samlede i
borgstuen - langt borte fra sygeværelset - med ordre til
ikke at lade nogen som helst slippe ind og heller ikke på
nogen betingelser selv at nærme sig den modsatte ende af
længen. Men Sorte Marie havde stillet sig under sove-
kammervinduet, der vendte ud mod haven, og derfra hørt
så godt som alt, hvad der var foregået derinde.

Ganske vist var der læst bønner og også nu og da sunget
salmer; men det havde åbenbart kun været et skalkeskjul,
for at aflede opmærksomheden. Thi beviseligt var det, at
mellemtiderne - og navnlig hver gang smerterne kom -
havde været brugt til en uafladelig pining og plagning
uden nåde, bestandig ubarmhjertigere, jo mere han stred
imod. Ja, så snedig havde hun været, at hun i det sidste
dødens øjeblik ikke lod ham få fred, før han med egen
hånd havde underskrevet et nyt dokument, hvori han be-
vidnede "af egen drift, med fri vilje og hustrus samtykke"

at have tilintetgjort det gamle. Først da dette var ordnet, lod hun staklen dø i ro; men veg dog ikke fra ham - naturligvis for at passe på, at ingen kom ham nær, - før ånden helt var af ham.

Der rejste sig en rasende ophidselse. Og alt som hver ny opdukkende tvivl blev slået til jorden af nye og fuldstændigere oplysninger, steg forbitrelsen.

Især var røret stort imellem de unge, der allerede var blevet kede af det stille liv, som var ført siden Jeppes død. Man syntes nu næsten, man skyldte hans minde at tage fat igen. Og en aften, da en flok havde været samlet til drikkelag hos skomageren, drog man under hujen og skrålen ned mod gården og kastede sten ind ad Gertruds vinduer. Der var et helt oprør.

Men en dag hen på efteråret gik det som en løbeild gennem byen, at stævningsmændene havde været i Hovmarksgaarden og stævnet Gertrud til at møde næstkommende tingdag inde i købstaden for at forsvare sig imod beskyldningerne og bevise sin ret.

Skønt det ikke var andet, end hvad man hele tiden havde ventet, gjorde det dog et stærkt indtryk på alle. En forventningsfuld ro lagde sig over sindene, mens man ligesom samlede sig om Lavrits, der gik som en helt imellem de unge.

Mange ønskede ham allerede i stilhed til lykke. Og under stedse stigende spænding imødeså man den store dag, der skulle bringe den endelige afgørelse.

Aftenen forud - det var en mørk, tung novemberaften med storm og regnbyger - var der helt stille over byen. I portene stod fjedervognene parate til næste morgen; og alle vegne gik man tidlig i seng for at komme tidsnok til byen og overvære handlingen.

Nede over Hovmarksgaarden var alt allerede mørkt og slukket. Kun fra det lille kammervindue, der vendte ud imod den store tomme gårdsplads, skinnede der endnu et fattigt lys; og her indenfor gik Gertrud, støttet til Ane-Mettes arm, i denne stille, tavse vandring frem og tilbage over gulvet, - fra armstolen ved bordet over imod stuens mørke hjørne og tilbage igen.

Hun var tilsyneladende rolig og fattet. Men hendes øjne brændte; læberne dirrede let; og selv kinderne fik en svag farve, mens hun nu og da i tanker klappede Ane-Mettes hånd, som hun holdt i sin.

Alting var ordnet til morgendagen. Over sengen lå hendes dragt, hentet op af kisten fra de mange års hvile, men nu pudset og færdig til at tage på: slægtens bryllupsklædning med de svære sølvkæder foran brystet; storhuen og de tykke, vægtige silkebånd. Ved siden af: kniplingsmanchetterne og korsklædet, glattet ud over sengetæppet, med nålen i.

Ude i stalden stod hestene til knæs i ny, ren halm - blanke og skinnende. Slægtens berømte seletøj var beordret ned fra loftet, og i porten stod vognen: nymalet og med nye hynder.

Ane-Mette trykkede sig frygtsom ind til den gamle. Hun så bleg og lidende ud, med blålige skygger under de store, forskræmte øjne, der så sig omkring, som om et eller andet ondt lå og lurede på hende inde i de mørke kroge.

Alt var roligt omkring dem. På bordet ved vinduerne stod en lille lav og mat lampe, skubbet hen imod Ane-Mettes plads, hvor Bibelen lå opslået. Gertruds strikkestrømpe hvilte i armstolen. En halvvoksen killing løb under bordet og legede med garnnøglet.

Kun blæsten jog med sus over huset, af og til førende byger af hagl og regn ind mod ruderne. Et sted ude i gården stod en lem og slog; og inde fra forstuen lød nu og da små dumpe slag, som om én bankede på yderdøren.

"Når bare Avgustinus var her, moster," klynkede Ane-Mette.

Den gamle nikkede, som i tanker; men svarede ellers intet.

Lidt efter standsede hun og holdt hånden op til panden.

"Hvad er klokken, Ane?"

"Otte, tror jeg."

Hun havde næppe fået det sagt, før tårnuret begyndte ude over kirkegården; og straks efter kom med spinklere slag det lille stueur inde fra Ane-Mettes kammer ved siden af.

"Nu slog det, moster."

Den gamle nikkede.

"Lad os læse videre," sagde hun, da de atter var kommet hen til armstolen ved bordet.

"Ja, moster," sagde Ane-Mette, tog strømpen fra stolen og hjalp hende til sæde. Men da hun havde skubbet skamlen ind under hendes fødder og lagt puden til rette bag om ryggen, gled hun selv i en pludselig bevægelse ned ved siden af hende og trykkede hovedet i hendes skød.

"Moster - moster!"

Den gamle lagde sin hånd over hendes hår og så længe deltagende ned på hende. Hun vidste det, skønt hun aldrig havde spurgt, at det unge hjerte en kort stund i tankerne var gledet ud fra hende, og at det var angeren, der pressede tårerne frem. Og hun strøg hende mildt og kærligt håret fra panden og klappede hendes kind.

"Lad os læse videre, Ane. Vi må finde os i det med tålmodighed, hvad Vorherre tilskikker os."

Ane-Mette blev dog endnu liggende en lille stund, ganske stille, ligesom i bøn. Endelig rejste hun sig og vaklede omkring bordenden hen på sin plads under vinduet.

Men hun havde næppe læst den første linje, før det begyndte at buldre på porten. De så begge hastig op, og Ane-Mette udstødte et skrig, men formåede ikke at rejse sig.

En karl kom løbende over stenbroen i træsko; en anden slog en lem op og spurgte, hvad der var, da i det samme en vogn rullede ind i gården.

Der kom flere træsko; døre blev lukkede op og i, og en stor, fremmed stemme råbte på lygter. En af karlene svarede "Nu kommer vi" inde fra stalden, hvor hestene blev urolige og småvrinskede i krybben. Men lidt efter hørtes allerede den fremmede stemme ude i forstuen.

"Er det herinde?"

"Ja," svarede lillepigens frygtsomme røst bag køkkendøren.

"Til højre?"

"Nej, lige ud - værsgo".

Der blev banket stærkt på døren, og uden at afvente noget svar, indtrådte nu med en duft af regn og tobak en stor rævepels, op fra hvilken der stak et tilsyneladende aldeles skaldet hoved, et stort, blegfedt ansigt og et par guldbriller.

Med en kort, men venlig hilsen og håndbevægelse blev denne ukendte fremmede i nogen tid stående ved døren og så sig mønstrende omkring i den halvmørke stue. Og under de andres stigende forbavselse tog han derpå uden et ord en stol, satte den hårdt i gulvet henne imellem dem og prøvede dens rygs styrke, inden han lod sig falde ned på den; trak dernæst rolig sine handsker af, puttede dem omhyggelig i lommen, pudsede med stor støj sin næse, lagde det ene ben op over det andet, derpå armene over kors, og så endelig stift - lidt skævt over brillerne - fra den ene hen til den anden.

"Mit navn er prokurator Sandberg."

Dødsstilhed.

Det var, som om han ville give indtrykket tid til at fæstne sig. Han lagde sig tilbage i stolen, strakte benene fra sig, pudsede sine briller og satte dem på igen med et resolut strøg bag om ørerne. Derpå vendte han sig helt om mod Gertrud og fikserede hende stærkt.

Lyset fra den lille lave lampe faldt ind på ham, og det viste sig nu, at han ingenlunde var skaldet; men håret var blot ganske lysegult og aldeles tæt og ens klippet helt ned til hovedbunden. Under ørenevoksede to små bløde, æggegule bakkenbarter lidt ned på de buttede kinder. Øjnene var små og ganske sorte; det ene trak han sammen, mens det andet stirrede frem uden blinken, fast og sikkert som et glasøje.

På hans fede, hvide fingre sad kostbare ringe; og da han knappede pelsen op og slog den til side, strømmede der en fin duft ud fra hans klæder.

"De undrer Dem over min nærværelse på denne tid af dagen," sagde han forretningsmæssig, gnidende sine hænder med små klaps, idet han lagde hovedet til siden og så op i loftet med det ene øje. "Meget forklarligt - på begge sider meget forklarligt," gentog han. "Havde forretninger her i nærheden - mange forretninger - meget vrøvl - osv. Er her imidlertid nu for at afgøre sagen hos Dem så kort som muligt. Beder dem altså formulere Deres svar så fyndige og afgørende, som De kan ... Kort og godt derfor," fortsatte han, bestandig uden at tage øjet fra loftet, "De fastholder altså, trods alt, disse Deres fortvivlede påstande, som jeg i et og alt kender fra min fuldmægtig og mine agenter, der - som De véd - har foretaget undersøgelserne?"

"Ja," lød det lavt og anstrengt fra armstolen.

"Og De har i sinde at møde i morgen med disse påstande?"

"Ja."

"Ja så. - Hør min gode kone," sagde han nu i en lidt anden tone, idet han flyttede sig nærmere og atter så meget skarpt på hende. "Har De ret betænkt, hvad det er, De dermed gør? Er det også gået ret op for Dem, hvad De dermed går i møde? ... Jeg skal spare Dem for svaret; for det har De ikke, - det har De ikke, min gode kone!"

"Jeg må i det hele," fortsatte han, idet han atter slog armene over kors og nu så ned på hende med begge øjnene opspilede. "Jeg må i det hele udtrykke min forbavselse over den - lad mig sige det med et smukt ord: dristighed, hvormed De utrættelig vedbliver at nægte alt, trods de mere end himmelråbende beviser på Deres uret. Jeg vil erklære det rent ud: jeg forstår Dem ikke, - jeg forstår Dem ved Gud ikke. Thi jeg kan dog umuligt tro, at De, efter alt hvad der nu er fremkommet, endnu tåbelig hengiver Dem til håb. I så fald vil jeg da alvorlig bede Dem tage under overvejelse, hvad jeg i fortrolighed her forsikrer Dem; at ikke nogen sinde siden verdens skabelse har en sag ligget klarere for dagen end denne; aldrig er et beundringsværdigere bevismateriale samlet end i dette tilfælde. Så hvor snildt De, min gode ven, end har lagt Deres plan - og jeg må virkelig tilstå: i den retning skylder jeg Dem min kompliment - så kan jeg dog forsikre Dem, at intet - rent ud sagt intet - længere er skjult; alt er så til overmål godtgjort, at jeg kun, min gode kone, på det indstændigste kan råde Dem til at kaste masken jo før jo hellere .... Lad os høre, hvad ville De sige? Men fat Dem kort."

Gertrud havde virkelig løftet hovedet. Hendes ene hånd lå krummet på stolens sidelæn, den anden holdt krampagtig om garnnøglet nede i skødet. Hun dirrede fra isse til fod og ledte efter ordene uden at kunne få dem frem.

Endelig sagde hun langsomt og dybt bevæget, idet tårerne trådte frem i de flammende øjne: "Jeg véd det nok, prukerater, hvad onde mennesker har spredt ud om mig. Og han får nu at klage mig an for hvad I vil, prukerater. Men så sandt hjælpe mig Gud i min sidste stund ..."

"Talemåder! - talemåder! - lille kære," svarede han endnu meget venlig og strakte sin ene ringbesatte hånd ud imod hende. "Deres tid skulle dog nu virkelig snart være forbi. De må ikke glemme, hvem De sidder overfor; og jeg håber ikke, De omgås med tanker om at løbe løbsk fra mig. I så fald kender De mig ikke ret, kan jeg forsikre Dem. Her hjælper ingen udflugter og fromme talemåder. Og idet jeg derfor på ny alvorlig foreholder Dem, hvad det her gælder om, spørger jeg Dem endnu for sidste gang: vil De fragå Deres påstande, eller vil De ikke? - hurtigt og kort - ja eller nej?"

"Jeg har ingen ting med Dem at skaffe, - jeg vil ikke svare mere," sagde hun, halvt som i vildelse, og virrede op for øjnene med hånden, som om det begyndte at løbe rundt for hende. "Jeg har ingen ting med Dem at skaffe. Ingen ting! - ingen ting!"

"Godt!" udbrød nu prokuratoren afgørende og rømmede sig eftertrykkeligt et par gange. "Ja, så har jeg kun tilbage, at gøre Dem den meddelelse, for hvis skyld jeg egentlig er kommet herud. Det er denne: at sagen er allerede afgjort; dommen er så godt som faldet."

"Afgjort," gentog Gertrud stammende og så fortumlet op.

"Afgjort," nikkede han rolig, idet han atter ligesom gennemborede hende med sit ene øje.

"Det tænker ... jeg tænker dog ....," begyndte hun.

Men prokuratoren flyttede i det samme sin stol endnu nærmere og lagde sin hånd på hendes arm.

"Lad mig tale," sagde han og dæmpede sin stemme. "Jeg beder Dem høre mig med opmærksomhed ... Sagen er, som jeg sagde, afgjort; i eftermiddags fik jeg de sidste afgørende beviser, der klarede det hele, - jeg behøver ikke at sige Dem til gunst for hvem. Men se: den ligger endnu i denne min hånd. Og nu har jeg - for straks at gå til hoved-punktet - et forslag at gøre Dem. Da der nu altså ingen redning findes for Dem ad rettens vej, så foreslår jeg Dem at afgøre sagen i mindelighed. Ikke sandt? Det vil jo utvivlsomt være det fordelagtigste for Dem, idet De jo så selv kan stille fordringerne - f.eks. til et betydeligt underhold, som jeg i så tilfælde ganske sikkert tror at turde love Dem .... Og, ærlig talt," fortsatte han, nu næsten hviskende, idet hans pegefinger gentagende pikkede hende på armen, "er det så dog ikke meget bedre for Dem i Deres fremrykkede alder at blive fri for al det vrøvl og mas, der hører til at bestyre en sådan gård; at kunne hygge sig inde i en lun stue med tæpper og .... Ja, ja, ja - jeg véd, hvad De vil sige. De vil naturligvis sige, at Deres afdøde mand ville det anderledes, ikke sandt? ... Men hør," sagde han pludselig og lænede sig tilbage i stolen, idet han atter lagde hovedet lidt til siden og satte øjet i loftet: "Hvordan var det egentlig med det? Hvad tid på natten var det nu, han skrev under på dette nye dokument? Lad mig se, var det ikke klokken ét?"

"Klokken ét, ja," svarede Gertrud afgørende og prøvede atter at se vist på ham.

"Ja, det er rigtigt; det var det. Men sig mig ... man er så glemsom ... var det ikke klokken syv om eftermiddagen, at De kom ind til ham - var det ikke?"

"Halv syv."

"Halv syv, ja. - Ja, nu husker jeg det. Det var klokken halv syv ... Men da var han endnu ikke rigtig til at komme i tale - vel? - det var først henimod midnat, da smerterne kom stærkere, ikke sandt?"

"Klokken elleve."

"Klokken elleve. Og da var det, smerterne blev så slemme, så meget frygtelige - var det ikke så."

"Jo."

"Det er løgn!" udbrød han pludselig, med en hel forandring af stemmen og så hende lige ind i ansigtet. "Det er en sort helvedes løgn, forstår De ... Sig ikke et ord! ... Guds død! det kunne komme Dem dyrt til at stå! ... Den nat, hvorom vi her taler, - Deres afdøde mands sidste - var han aldeles fri for legemlige lidelser. - Nægt intet! ... Deres mands sygdom - forstår De! - kunne efter kompetente lægers - hører De: lægers! - udsagn kun i det første stadium være forbundet med smerter, der altså i dette tilfælde må have nået deres maksimum omtrent midt på eftermiddagen, for dernæst jævnt og langsomt at aftage, således at de lidt før midnat - netop det tidspunkt, De anfører - næsten må have været ophørte .... Hvad siger De til det!"

"Det er ikke sandt, - det er ikke sandt," råbte Gertrud forvirret; hun var sunket helt sammen i armstolen, garnnøglet var gledet ud af hendes fingre, og den ene hånd lå skælvende foran øjnene.

Men prokurator Sandberg strakte truende sin finger ud imod hende og forstærkede sin stemme: "Hold hellere op med dette komediespil. Det hjælper Dem dog ikke længere. Deres samvittighedsløse handling er i et og alt åbenbaret. Og tvivler De endnu derom, kan jeg yderligere fortælle Dem, at samme eftermiddag klokken halv seks, netop en time før De kom til, og altså efter at lidelserne havde nået det højeste ... disse lidelser, der - som De så fromt skal have sagt - var "hidsendte fra Gud" til frelse for den dødes sjæl ... da har andre, som dengang stod omkring hans leje, spurgt ham angående akkurat det samme, som det De senere pinte ham med. Men nu skal jeg sige Dem, hvad han svarede; - han svarede, at intet - intet (læg mærke til det!) skulle få ham til at forandre den én gang tagne bestemmelse; at han intet - intet - havde at angre, men ville i sin grav forbande den, der ville tvinge ham dertil. Og nu vover De desuagtet frækt at påstå, at han tilintetgjorde dokumentet af egen fri vilje; at De ikke formastelig har tvunget ham dertil i hans dødsstund ..."

Han rejste sig op i sin fulde højde og gik tæt ind til hende med hænderne i siden.

127

"Véd De - min gode kone! - hvad det vil sige at afgive falsk forklaring for retten? Véd De, hvad det vil sige at aflægge falsk ed?"

"Jeg aflægger ikke falsk ed," stønnede Gertrud med sine sidste kræfter og holdt ligesom afværgende hånden frem for sig.

"Jeg spørger Dem blot: véd De, hvad det vil sige at aflægge falsk ed? Har De rigtig gjort Dem klart, at det første, der vil blive foretaget med Dem, om De i morgen vover at aflægge ed, ganske simpelt er at putte Dem i hullet; det kan De være lige så sikker på, som om De allerede sad der; det skal jeg sørge for ... Jeg anbefaler Dem derfor endnu en sidste gang; betænk Dem! De kan i morgen tidlig inden retsforhandlingerne træffe mig på mit kontor, og jeg skal da afgøre det hele for Dem; ja De behøver endog blot skriftligt - med navns underskrift naturligvis, og vitterlighedsvidner - at tilmelde mig det, og jeg skal da love Dem et forlig, som De selv vil rent ud forbavses over! ... Men hvis ikke, da Gud trøste Dem, min gode kone! Tror De, man generer sig for at gøre hvad som helst ved en gammel kælling, der halvvejs har slået sin mand ihjel? I så fald tager De mærkeligt fejl, - det skal jeg vise Dem. Har De sat en gammel døende mand i en skruestik, så skal De min sjæl komme til at føle den, så De både skal skrige og jamre Dem ved det. Jeg skal være over Dem nat og dag; spionere Dem ud, så De ikke skal få søvn i Deres øjne, før De bekender; og jeg kan forsikre Dem om, at jeg før skal æde Dem med hud og hår, end lade Dem slippe levende fra dette her.... Nu har jeg gjort mit. Nu må De selv gøre valget."

Han tog hurtig sin hat fra bordet og slog døren i efter sig, så det rystede huset.

Man hørte ham ude på stentrappen råbe efter karlen, og lidt efter rullede vognen ud med et smæld; porten lukkedes, den sidste træsko gik over gården, og alt blev atter roligt.

Men endnu havde ingen af de to inde i stuen rørt sig fra pletten. Ane-Mette sad stift opad væggen; hun var ligbleg og stirrede med et stift, koldt og sky blik på mosteren, der som lamslået sad foroverbøjet, med begge hænderne på knæene, og så idiotisk ned mod gulvet.

"Skal jeg læse videre," spurgte endelig Ane-Mette, sagte og hæst.

Den gamle rystede på hovedet, men rørte sig ellers ikke.

Heller ikke syntes hun at mærke det, da Ane-Mette senere sneg sig ud af stuen og ind i sit kammer.

Men Ane-Mette klædte sig hurtig af og skyndte sig ind under dynen, hvor hun længe lå ganske stille og så ud i mørket med store, vågne øjne.

Til sidst kunne hun ikke udholde det længere; hun satte sig over ende med hænderne for ansigtet og græd.

Hvad skulle hun dog tro? - Hvad skulle hun dog tro! ... Der dukkede på én gang en mængde ting op for hende fra Jeppes sidste dage - småting, hun aldrig før havde ænset, men som nu talte så forfærdelig klart imod mosteren. Og jo mere hun tænkte derpå, des flere strømmede der ind imod hende - uafviseligt, ubønhørligt ... O Gud! O Gud! hvad skulle hun dog tro?

Inde i stuen rejste den gamle sig og begyndte at vandre langsomt over gulvet.

Alene! ... Ane-Mette kunne næsten ikke tro det muligt; hun havde rejst hovedet og taget hænderne fra ansigtet.

Men hele den lange, mørke nat, der nu fulgte, hørtes gennem stormen og regnen Gertruds langsomme trin over gulvet - frem og tilbage - frem og tilbage.

*

Henad morgenstunden måtte Ane-Mette dog endelig være faldet i søvn; thi hun vågnede ved lyden af en vogn, der rullede ud af gården.

Hun skyndte sig op til vinduet og kom just tidsnok til at se den forsvinde gennem porten; og i det svagt begyndende dagsskær fangede hun netop det sidste glimt af mosteren, der sad i agestolen med oprejst hoved.

Oppe i byen stod folk i dørene for at se hende drage af sted. Nogle vogne var allerede kørt; de andre stod med dansende heste inde i gårdene, parate til at følge efter.

V

En rummelig, højloftet retssal med vinduer til den ene side og stærkt lys ind på de store, nøgne lysegrå vægflader.

Ved den bageste væg står to mægtige reoler uden bøger, og midt imellem dem, i en stor niche, en lille mager retfærdighed, der forslæber sig på en vægtskål.

Ellers intet.

Tværs igennem salen går skranken; og bag ved denne, midtfor, i en højrygget stol med gammel forgyldning, sidder birkedommeren og pudser sine brilleglas.

Thi retshandlingen er allerede i fuld gang. Prokuratorer og afhørte vidner står i to klynger op mod væggene; tilhørerpladserne er stuvende fulde af folk, og der ligger en spænding i luften, der når helt ned til den støvede protokolfører og de to bedagede retsvidner, som - lysvågne - stirrer frem imod vidnet og lægger hånden lyttende bag øret.

Der er en trængsel om pladserne, en bevægelse over hele salen, som ikke har været set i mands minde. Fra hele amtet er folk strømmet til; selv ikke købstadboerne har holdt sig borte, men står samlet i en ophidset gruppe henne ved døren. Og for hvert nyt vidne, der føres ind, rækker man hals og skubber sig frem, så politibetjent Raffenstein, der har opsynet med dem, må vende sig om og påbyde tavshed ved et strengt blik ud over forsamlingen.

Til højre for dommeren står prokurator Sandberg og blader i nogle papirer, hvori han nu og da gør optegnelser; hans hånd ryster, og han er varm over panden. Men henne mellem mængden, der under hele forhandlingen holder vågent øje med ham, hvisker man også om uhyre summer, som man vil vide, han har betinget sig, i fald sagen vindes.

Tæt under ham sidder Sorte Marie - rank og stiv, med øjnene lige frem og hænderne trykket fast om det sammenlagte lommetørklæde i skødet.

Ved siden af hende har Lavrits plads mellem de afhørte vidner. Han er meget bleg, sidder foroverbøjet, med armen hvilende på knæet, og drejer huen i hånden, idet han fraværende ser ud over gulvet.

"Tal højt og tydeligt," siger dommeren for tyvende gang til vidnet, der står foran ham ved skranken.

Han er en anselig skikkelse med stærkt, gråligt skæg, svært, purret hår og en stemme, der giver genlyd i det store rum; vidnerne derimod hvisker og tisker, så man - trods stilheden - næppe kan høre dem.

"Var De ene inde hos den afdøde på den tid, De taler om?"

"Nej," svarer vidnet, en lille tyk mand med et ildrødt ansigt og udvæltende øjne. "Nej - hr. birkedommer! - Det var jeg rent ud sagt ikke."

"Hvem var der da ellers?"

"Hvem der ellers var, hr. birkedommer? - Ja, så var der jo Jeppe."

"Naturligvis, mand! - Men andre? - andre?"

”Jo, hr. birkedommer!”

”Nå - og hvem? - skynd dem, mand!”

”Det var - rent ud sagt - hjulmand Andersen.”

”Hjulmand Andersen? - Hvor er han?” spørger dommeren og ser ud.

Et par forfjamskede sognefogder får travlt og trækker endelig frem fra vidnebænken en lang, mut fyr med et lille ludende hoved, men hurtige øjne.

”Er det hjulmand Andersen? - Nå! Og De var den eftermiddag sammen med denne mand inde hos den afdøde? - Nå! Ytrede han dengang noget ønske om at se sin hustru? Husk Dem nu om!”

Hjulmanden skeler op til prokurator Sandberg og svarer derpå hurtig: ”Nej.”

”Godt! - De kan gå! - Næste mand!”

Der bliver bestandig større bevægelse i salen, alt som forklaringen skrider frem; og hver gang et vidne forlader skranken, vender alle øjne sig mod Gertrud.

Selv birkedommeren tørrer sig stadig heftigere over panden med sit lommetørklæde og ser urolig hen på hende.

Hun sidder på en stol noget fra ham, foran klyngen til venstre, i slægtens gamle pynt, med sølvkæder snøret i brystet, kniplinger om håndleddene og store sorte silkebånd ned fra huen.

Men hvert spor af farve er veget fra hendes ansigt; hænderne famler sanseløst over kjolens læg, og øjnene brænder vildt hid og did over gulvet.

”Et rigtigt forbryderfysiognomi,” bemærker en ung købstadbo til sin nabo, idet han betragter hende gennem sin næseklemme.

”Fuldkomment! ... Men har du set niecen - den unge pige dér?”

”Hvem? - hvor?”

”Prima varer - hvabeha’er?”

Dér, klemt inde mellem mængden, står virkelig Ane-Mette. Hun har ikke kunnet udholde det hjemme, og har fået lov at følge med en af vognene.

Hun ser helt forstyrret ud; håret sidder i uorden ned over panden. Øjnene viger ikke fra mosterens ansigt; og med stigende rædsel ser hun hende synke bestandig dybere sammen under mængdens blikke.

Endelig er rækken af vidner afhørt, som prokurator Sandberg har fået samlet imod hende. Mængden ligesom ånder ud, og birkedommeren tørrer sig atter stærkt over panden.

"Frederik Christiansens enke! – Vær så god og træd herhen lidt igen," siger han.

Det er Sorte Marie. Hun rejser sig fra sin plads og går frejdig frem imod ham.

"De fortalte før, at for omtrent et fjerdingår siden, umiddelbart efter at det meget omtalte gavebrev var udstedt, skal Jeppe Nielsens hustru, nu enke, Gertrud Sivertsdatter Hovmarken til Dem have udtalt, at hun nok skulle vide - "hvordan det end skulle ske" - at få den sag ændret, og at De ikke for tidligt skulle "stikke næsen i vejret". Var det ikke således?"

"Jo, Deres velbårenhed."

"Var der andre i lokalet ved bemeldte lejlighed?"

"Nej, Deres velbårenhed."

"Men De husker tydeligt, hvad der dengang blev sagt?"

"Ja."

"Det er godt. - De kan træde tilbage."

Sorte Marie går atter rank over gulvet og sætter sig på sin plads. Men alles øjne hviler spændt på dommeren, der har sat brillerne på, slået armene over kors og betænksom stirrer ned for sig.

Endelig løfter han hovedet, lægger resolut hånden med lommetørklædet på skranken og ser ud til venstre.

”Gårdejer Jeppe Nielsens enke, Gertrud Sivertsdatter Hovmarken, - træd frem.”

Der bliver dødsstille i salen, da hun rejser sig af stolen og vakler over gulvet. Midtvejs standser hun, som om hun skulle falde, og en af de forfjamskede sognefogder må springe til for at støtte hende under armene og føre hende hen til skranken.

Her har dommeren rejst sig. Selv han er blevet lidt bleg i ansigtet, og hans stemme er mere dæmpet.

”Fastholder De - Jeppe Nielsens enke! - endnu denne Deres forrige forklaring, som forhen, punkt for punkt, er Dem oplæst af protokollen?”

”Ja,” svarer hun højt og klart.

”Og har De nøje ransaget Deres samvittighed, så at De endnu efter alt, hvad der er fremkommet, uden frygt tør afslutte sagen ved en fornyet bekendelse om, at hint i dag meget omtalte gavebrev er tilintetgjort af Deres afdøde mand - frivilligt uden noget som helst tryk fra Deres side? Har De nøje betænkt, hvad følger det ville have for Dem, om De for sent kom til anden erkendelse? Og kan De sluttelig, Jeppe Nielsens enke, på den forhen afgivne forklaring uden bæven aflægge Deres saligheds ed?”

Hun svarer ikke straks; men da han gentager det, udtaler hun atter et højt og tydeligt ”ja”.

Dommeren ser lidt ned på hende. Han synes endnu at betænke sig, men rækker dog til sidst hånden ud imod edsformularen, som protokolføreren giver ham.

Der er ikke en bevægelse i salen, da han med dæmpet, alvorlig røst begynder oplæsningen. Tilhørerpladsen er en eneste samling af blege ansigter, der ufravendt stirrer hen på ham og Gertrud. De bedagede retsvidner bag skranken folder stille hænderne; og selv politibetjent Raffenstein samler sine spejlblanke støvler og bøjer hovedet.

Selv står dommeren rolig; hviler samvittighedsfuld på hvert ord, for at intet skal gå tabt, og ser efter hver sætning ned på Gertrud. Men efterhånden hæver han stemmen; og det giver genlyd under loftet:

"Den sværgende forsikrer, at han har udsagt sandhed, den rene og fulde sandhed, så at han intet har forklaret, som han ikke vidste, og intet fordulgt af, hvad han vidste til oplysning angående det, hvorom hans forklaring blev æsket, ej heller har brugt nogen forbeholdenhed, men oprigtigt taget ordene i den mening, hvori han vidste, at de blev forståede. Han står for menneskers dom, som hårdt ville straffe den ménsvorne, når Gud lader sandheden komme for lyset, og alles hjerter ville tillukke sig for den, der er mærket med en méneders forfærdelige navn. Han står for den alvidende Guds åsyn, som ser i det skjulte og betaler åbenbare; som lod forbandelsen udgå, at den skal komme til tyvens hus og til dens hus, som sværger falsk ved hans navn."

Han standser lidt og ser stift ned på Gertrud, der har lagt hånden på skranken for at støtte sig. Derpå fortsætter han med stedse stærkere røst:

"Han oprækker efter den gamle vedtægt de tre fingre på hans højre hånd, at dette synlige tegn skal minde ham om, at han kalder den treenige Gud til vidne, og at, dersom han sværger falsk, har han frasagt sig Gud Faders nåde, beskærmelse og velsignelse; han har fornægtet verdens frelser, og kan ikke søge tilflugt hos ham i livets angst eller på dommens dag; han har tillukket vejen for Guds ånd, og opgivet al trøst af Guds ord i livets og dødens nød; han har udelukket sig fra den kristelige menigheds samfund, så at dens forbøn ikke kommer ham til gode, at evangeliets prædiken ikke er ham til trøst; at hans synder ikke blev ham forladte, og han ikke har håb om at opstå til den herlighed, som er beredt den sande troende kristen. -

135

Medens han er på jorden, vil hans hjerte være bævende, og hans fod ikke finde hvile; derefter går han hen, hvor der skal betales enhver efter hans gerninger; thi hvad et menneske sår, det skal han også høste.

Med denne formaning og advarsel har vi gjort vort; det øvrige overlader vi til den alseende og retfærdige Gud. Hver der bliver ved sandhed, aflægger med frimodighed sin ed; men enhver vogter sig for at sværge falsk ved den højestes navn."

Han standser; tørrer sig over panden og lægger formularen fra sig.

Derpå vender han sig atter imod hende og siger stille og højtideligt, idet han berører hendes arm: "De oprækker de tre fingre på den højre hånd med disse ord: At den af mig afgivne forklaring er overensstemmende med sandheden, bekræfter jeg hermed ved min saligheds ed, så sandt hjælpe mig Gud og hans hellige ord."

Men Gertrud rører sig ikke. Hun står aldeles sammenbøjet og skælver over hele legemet ... Der går som et sus gennem salen. Lavrits springer op fra bænken, kridhvid i ansigtet; prokuratorerne strækker hals, og henne bag vidnerne står Sandberg og sluger hende med øjnene.

"De oprækker de tre fingre...," gentager dommeren lang-somt og med en uvis klang i stemmen, idet han nøje betragter hende.

Hun rører sig ikke; ryster blot bestandig stærkere og synker helt sammen.

"Moster! - Moster!" skærer det på én gang igennem salen, og et legeme høres at falde tungt inde imellem tilhørerne.

Men i samme nu rækker Gertrud hurtig fingrene i vejret og fremmumler eden.

Handlingen er endt.

*

En halv time efter var Gertrud allerede langt fremme på hjemvejen og sad i agestolen ved siden af kusken, som da hun kørte ud.

Kusken var en lille halvgammel, skikkelig karl, der så stift ud på de fremilende heste, som om han havde ondt ved at holde dem. Han vendte aldrig hovedet, men skelede nu og da ned imod Gertruds skød. Thi han havde opdaget, at hun på en besynderlig måde skjulte sin højre hånd inde i kåben.

De kørte henved et par mil uden at veksle et ord. Pludselig for hun op som af drømme og stønnede: ”Kør! ... kør! Anders!” og viklede hånden endnu dybere ind i kåben.

Anders svarede endnu intet; men lod hestene strække ud, alt hvad de kunne bære.

”Kør, Anders! ... kør! ...” lød det igen, og han mærkede sædet ryste under hende.

Lidt efter trak hun hånden ud af kåben og rakte den frem imod ham, idet hun greb ham om armen med den anden.

”Anders!” sagde hun hviskende og angst. ”Anders! - kan du se, - den visner? ...” De tre fingre, ikke sandt? ... Kan du se det? ... Den visner ....”

Han forstod nu, hvordan det var fat med hende, og lod hestene sp+ ære til, så de var nærved at styrte.

”Anders!” skreg hun pludselig, rejste sig op og virrede med hånden, ”den brænder, Anders! - den brænder! - den brænder! ...”

De kørte netop ind i byen, hvor folk stod i dørene og ventede på dem.

”Å, Gud! - Å, Gud!” råbte hun, men faldt i det samme bagover ud af vognen og blev liggende stille med hovedet i en stenbunke ...

Tre mænd kom løbende til og bar hende ind.

VI

Der er endnu kun at tilføje, at den nat døde Gertrud.

Hun lå til henimod morgenen uden at have kunnet tale - ganske stille og hvid, uden tegn til bevægelse. Kun gennem den højre hånd gik der nu og da små, hurtige trækninger, der forplantede sig op ad armen.

Doktoren havde været der, men sagt, at der var intet at gøre; man måtte helst lade hende ligge ganske rolig, så ville det hurtigst og lettest være forbi. Heller ingen af byens folk havde været inde hos hende - uden netop de tre mænd, der bar hende ind. Selv gårdens egen befolkning holdt sig langt borte og ville ikke hjælpe hende.

Kun Ane-Mette lå den hele nat over hendes seng og kaldte på hendes navn. Hun måtte ikke dø, før hun havde set på hende; før hun havde sagt, at hun ikke var vred på hende. Hun råbte op til Gud og tryglede om at måtte beholde hende - blot en dag, blot til i morgen, for at hun kunne vise hende, hvor meget hun holdt af hende.

"Moster! - Moster!" råbte hun. "Se op - se op med dine øjne, om du kan. Kan du høre, jeg taler? - Sig blot et ord, lille, kære, gode moster ... du må ikke gå bort ... lever du, moster? - det er mig, Ane-Mette ..."

"Hun er død," sagde en stemme ved siden af hende.

Hun så op. Der stod en ung mand med store blå briller, gult krøllet hår og skæg. Over skulderen havde han en taske, i hånden en stok, og vejsølen havde stænket ham højt op på klæderne.

"Avgustinus!" råbte Ane-Mette, kastede sig om hans hals og skjulte sit hoved hos ham.

Han lagde bevæget sin arm omkring hendes liv og trykkede hende heftig, men tavs ind imod sig.

En lang stund stod de således.

”Å, du - det var godt, du kom,” sagde endelig Ane-Mette langsomt og inderligt, idet hun angst vendte sit blege ansigt op imod ham og holdt hånden til sin pande.

Han nikkede.

”Jeg fik det først at vide i går,” sagde han.

De gik sammen hen til sengens hovedgærde og foldede den dødes hænder over brystet. Avgustinus stod længe og så ned på hende, og idet han trykkede Ane-Mette ind til sig og holdt hendes hænder fast i sine, bad han stille og jævnt et Fadervor over liget.

Nogen tid efter blev Hovmarksgaarden solgt, arven delt mellem slægtningene. Ane-Mette fik sin part, og hen på foråret giftede hun sig med Avgustinus.

De købte et lille ensomt sted uden for byen, under en høj, lodret brink, hvorfra gamle trærødder vred sig ud i luften som visnede troldfingre.

Og over deres dør satte de et bræt, hvorpå der med store bogstaver, der kunne ses helt ude fra vejen, stod at læse: Jeg og mit hus vi ville tjene Herren.

.